Kadokawa
Fantastic
Novels
U0045743
1
歡迎來到實力至上主義的教室2年級篇
Welcome to the Classroom of the Second-year
衣笠彰梧×
トモセシュンサク

「我不會
屈服於暴力。」
七瀨翼
一年級新生。
非常善於社
交、態度有禮
的少女，但班
級是D班。

司馬克典
擔任狡詐學生齊聚的新一年D班班導。
「知道了就快點解散。你不該在路中央打架。」
「很好很好，來到這種學校真是值得了。」
寶泉和臣
一年D班新生。一如外表是個粗暴的男人。

「喂～如果妳在尋找優秀的搭檔，就在這裡喲～」
「妳的名字是？」
「我是一年A班的天澤一夏，
跟堀北學姊一樣，學力的判定是A呢。」
是個與辣妹般外表不相符的
聰明學生。

「如果妳打算以前段為目標，我就跟妳組隊吧？」

七瀨翼

歡迎來到實力至上主義的教室2年級篇

Welcome to the Classroom of the Second-year

1
歡迎來到實力至上主義的教室
Welcome to the Classroom of the Second-year
2年級篇
衣笠彰梧
KINUGASA SYOUGO
トモセシュンサク
TOMOSESHUNSAKU
Kadokaw
Fantastic Nove

歡迎來到實力至上主義的教室2年級篇

Welcome to the Classroom of the Second-year

contents

彩頁、內文插畫／トモセシュンサク

暗中行動

時間要回溯到大約兩個月前，二月的某日。

東京都某棟設施的會議室裡，一名相貌四十幾歲的男人——月城，唸出了螢幕上顯示的資料，說明了狀況。靜靜聆聽的人是個十幾歲的年輕孩子。沒多久就要升上高中的十五歲小孩。

不過這個人的真面目並非單純的小孩。

這個人是在稱作White Room的極機密設施裡，被栽培和施行特殊教育的人。

「以上就是綾小路清隆，以及二年級一百五十六名學生的詳細資料。全都記住了吧？」

月城在室內播出的螢幕上，將學校花費一年蒐集的學生資料全部清楚顯示出來。別說是名字和出生年月日、出身的學校，就連父母、兄弟姊妹，自幼的成績到交友關係都包含在內。這是極機密的會議，參雜了通常連班導都不能看見的各種詳細資料。

「我想你很清楚，重要的是在四月之內讓綾小路同學退學，把他帶回White Room，畢竟不能讓計畫繼續延遲下去了呢。但是，你要巧妙地完成任務，絕對不能讓事情公開。假如我們的動作傳到政府耳裡，恐怕就會傷害那位大人……傷害到老師的名聲呢。」

聽見月城的說明，White Room的學生慢慢舉起了手。

「總之，就是不要貿然做出顯眼的事？」

「沒錯。正因如此，這件事只有以學生身分潛入的人才辦得到。我也會盡量支援，但今後坂柳那邊應該也會提高戒心，所以我也會無法隨意行動。」

對方似乎掌握了所有狀況，但表情帶有一定程度的不滿。

月城沒有漏看這點。

「你一臉無法接受呢。」

月城凝視一眼映在身後螢幕上那張綾小路的照片，接著再次與對方對視。

「你不喜歡他……不喜歡綾小路同學被奉為最高傑作？不只是我被派進去，就連終於再度運作的White Room裡的學生都要中斷實驗被逼出去。不得不說真的是很奢侈、優渥的對應。對於在相同設施培養的人來說，或許再也沒有這麼屈辱的事情。」

月城強調這點，繼續仔細說明。

月城的想法是藉由點燃反抗心，嘗試讓對方發揮超越實力的表現。

綾小路清隆是最高傑作。

每次這樣說明，就會有某些東西注入潛藏於心中的情感。

這是展現出完美周旋的月城，唯一猜錯的情感部分。

White Room裡培育的人都會被灌輸到厭煩的一件事——

就是「成為超越綾小路清隆的存在」。

沒在那所設施裡受過教育的旁人，不可能會了解的「憎恨」之情。

有時候，那會膨脹到無法壓抑，不小心引發失控。

「舞台準備好了，接下來就請你充分發揮力量。我拜讀過你的資料，簡直無可挑剔，如果你擁有這種能力，要讓他退學也輕而易舉吧？」

月城做完說明以及扭曲的挑釁，就關掉了螢幕的電源。

室內暫時被黑暗籠罩，不久後天花板的燈被打開，一片明亮。

「好啦，沒有疑問的話，就在這邊結束吧。因為時間非常寶貴。」

聽見這句話，那個人便若無其事轉身，打算離開房間。

月城對這副從容的態度有點掛心。

他直覺到自己的說明中使用了錯誤的詞彙。

可是，既然話都說出口了，就無法撤回。

「有一件事——我忘了確認。」

月城叫住打算離開房間的人，對著背影說：

「你沒有事情瞞著我吧？」

月城非常清楚，就算是同一邊的人，組織也並非堅如磐石。

假如一開始的想法就不一致，原本順利的事也會變得不順利。

這是為此所做的確認。

對方沒有回頭，只是輕輕點頭，就靜靜離開。

那個人離開房間後，月城再次讓室內暗下來，把影像播在螢幕上。

這是「綾小路清隆」在White Room裡記錄下的所有資料。

「我不喜歡輕易使用這種字眼……但他還真是個怪物。」

學力多高不用說，他的體能之高，就連大人都相形見絀。

他累積了與戰鬥專家正面互毆，也可能兩三下就會勝利的經驗、實績。

「White Room學生間的戰鬥……正面較勁的話，結果會怎麼樣呢？」

月城當然確實準備了取勝的籌備。

但這也並非絕對。

「狩獵，或是被獵殺。雖然這是孩子們的遊戲，不過好像會很有意思。」

身為大人的月城並不慌張。他只要不疾不徐、淡然地完成被交付的任務就好。

所謂的實力

在我們對二十一世紀懷抱親近感過了許久的某年。
日本在世界面臨各種問題的情況下，也同樣迎接了轉折期。
少子高齡化、環境問題、國力低落——逐漸衰退的日本社會。
為了從根本整頓這些問題，政府大力致力於人才培育。
然後，有一間作為政策之一而誕生的高中。
從全國召集各種學生，為了培育通用於國際的年輕人所設的學校。

「高度育成高中」。

這間學校最大的特徵，就是不過問學生到國中為止的成績。
以學校獨特的選定標準而被選上的學生，不論男女都擁有各式各樣的特徵。
雖然很會讀書，卻不擅長溝通的人；雖然很會運動，卻不擅長念書的人。

或者，就連毫無可取之處的學生，都會被混在一起接受教育。

在一般的高中，這大概是無法想像的制度。

讓這種擁有各式各樣性格的學生們團體生活，以班級為單位競爭。

目的就是要讓學生能在競爭社會裡戰鬥，以及為了在團體中存活而打好必要的基礎。

然後，被打上不合格者烙印的學生，就會毫不留情地走向被退學的命運。

光會念書、光會運動，也無法在這所學校生存。

一個學年分為四個班級，從Ａ班到Ｄ班。

入學時每班都會分配大約四十名學生，共計一百六十名。

在此更進一步詳細介紹這所學校跟其他高中大有不同的地方。

首先，雖然是很基本的部分，但學生直到畢業的三年期間都無法與外界聯絡，同時也被禁止離開學校用地，強制要在宿舍生活。話雖如此，學校以廣大用地面積為傲，替學生準備的設施也很充實，生活上不會有所困擾。在稱作櫸樹購物中心，學生以及學校相關人士專用的大型商業設施裡，幾乎備齊了從咖啡廳到家電量販店、理髮廳、卡拉ＯＫ這些必要的店家。假如有沒販售的商品，也可以透過網路購買。

並且，每天生活購物時所需的錢是以稱為「個人點數」的形式支付，可以取代現金使用，淺顯易懂地為一點一圓。

但是，個人點數不會無限湧出。

每個月會按照「班級點數」的數值乘以一百，再把結果當作個人點數支付給學生。

換句話說，要存下生活所需的個人點數，確保班級點數就會很重要。

要增加班級點數有好幾種方法，但具有代表性的就是通過學校給的一種叫做「特別考試」的課題。

基本上是四個班級互相競爭，前幾名會得到班級點數，後面幾名會漸漸失去班級點數。如果擁有一千點的話，算成現金，每個月該班學生就會得到十萬圓的零用錢。反之，一直輸的話，班級點數就會毫不留情地變成零，每個月支付的個人點數也會化為零。

班級點數與個人點數一體兩面的關係，也是一種讓學生藉由存下班級點數，使想法不同的學生們團結在一起的機制吧。擁有充裕的班級點數，也具有保障充實的校園生活的意義。

不過，高度育成高中的魅力不只有這樣。

學校最大的「賣點」，就在於以隸屬Ａ班的狀態迎接畢業。最後勝出的學生可以按照自己的心願，實現前往希望的就學、就業處。說極端點，不論是以錄取難易度最高為傲的大學，還是一流的大型企業，都會保證無條件錄取。話雖如此，但也不能看得太樂觀。因為合格後若沒有伴隨自身實力，最終顯然會遭到淘汰。

即使如此，這應該也無庸置疑是極具魅力的恩惠。

這樣應該有傳達出高度育成高中的概略了。

我——綾小路清隆，就是在這間備受注目的學校上學的學生。

接著，就要迎接高二了。

在四月一日的時間點，我在籍的「D班」，班級點數是兩百七十五點。是每個月有將近三萬圓的個人點數匯進來的狀態。順帶一提，目前的第一名——坂柳率領的A班班級點數，是非常壓倒性高的一千一百一十九點。其次是一之瀨率領的B班的五百四十二點。緊追在後的是龍園率領的C班的五百四十點。

雖然與別班相比是很大的差距，但這也可說是有拉近了吧。

接下來一年能縮短多少差距，將會是勝負的分水嶺。

新的階段

說長不長，說短也不短的春假結束了，開學典禮終於到來。這天，我們離開了這一年熟悉的教室，以二年級生的身分移動到新教室。乍看之下桌椅應該一樣，但有種不一樣的感覺。最先等著我們來上學的，是黑板上「顯示」的訊息。

『請在跟一年級時一樣的位子上等待。』

一直到去年，被稱作黑板的東西都是使用粉筆，是教師會寫上東西的物品。

可是，眼前的黑板是黑板，卻又不是黑板。

簡單來說，巨大的螢幕取代了黑板。

從那散發出新品般的光澤來看，應該是今年起才引進的東西。

在我之後抵達教室的學生一看見黑板，好像也很吃驚。總之，我按照指示，前往去年定位的窗邊最後一個座位，在那裡坐下。

等時間到了，就會在體育館裡舉行開學典禮。

接下來的流程，就是聽班導進行大約兩小時的本年度行程和必要事項等說明，然後在上午解散。

也因為春假剛結束，學生們似乎都有點鬆懈。一段時間沒見面的朋友們，都在大聊連假中做了些什麼的話題。

「嗨。」

我正在用手機隨意搜尋網路上的資訊時，被人搭了話。

對方是我的同學——三宅明人。是我感情不錯的小團體中的其中一員。

「你春假中沒怎麼來小組這邊露面，所以我有點擔心。」

明人這麼說。我在春假中的確幾乎沒有跟那群人交流。

應該說也因為身邊的事情很忙，不小心疏忽了。

「當然是沒有非得集合的規定啦，但波瑠加那傢伙也很擔心，最重要的是愛里好像很在意呢。」

明人考慮到組內女生的心情，這麼建議了我。

「抱歉啊，我接下來有打算要經常露臉。」

「那就好。再說，你不在的話，我也會寂寞呢。」

被朋友這麼說，總覺得心裡癢癢的，但感覺並不會不好。

明人似乎不打算久留，他簡單舉手致意，就回了自己的座位。

我深切感受到自己真的擁有很棒的朋友。

因為他還像那樣特地親切地給了建議。

後來我也沒打算滑手機，於是決定側耳傾聽班上的聲音。

大家的話題從春假聊到了新生。

因為明天的入學典禮會有一年級生進來。

去年我們D班沉浸在入學後的優渥待遇，被乘虛而入，可是也難怪事情會變成那樣。

我們一入學被賦予的班級點數是一千點——等於是現金十萬圓。學生們深信每個月都會匯入鉅額，對此高興得忘乎所以，很多人都一個接著一個地蒐購想要的東西。甚至遲到缺席都理所當然，也經常發生上課中的私下交談或打瞌睡。

另一方面，認真的學生則只專注在自己身上，根本沒有勸戒周遭。

沒勸戒的理由應該有好幾個，但校方放任問題兒童不管也可說是很大的因素。大家會認為連老師都沒有提醒，所以學生也沒必要去做。

不過，這也能說是校方的第一場「特別考試」。

測試我們能否發現高中與國小、國中這些義務教育不同。

身為高中生，能否自主性地做到理所當然的事情。

然後，D班在那場特別考試上漂亮地拿下了最差的評價。

隔月的五月一日，班級點數歸零，匯入的點數也可喜可賀地急速降為零。

接下來的一年，D班的試煉連連，也因為一度掉到谷底，一盤散沙的同學們慢慢有所成長，學到了團結力。有段時間也成功升上C班，但學年末的考試上還是很可惜地退回了D班。不過，班級點數在這整年回復了兩百七十五點。雖然跟A班的差距還是很大，不過變成二年級的這一年間能增加多少點數，在把前段班當作目標時會逐漸變得重要。

「早安～」

傳來了充滿朝氣的女生聲音。緊接著這道聲音，已經到教室的女生們也接連回應，然後慢慢聚集過去。她是統率這個班上女生陣容的人——輕井澤惠。女生人數漸漸增加，等到察覺時，她們又從頭聊起了跟剛才一模一樣的話題。

我開始跟身為女生領袖的惠交往，也是前幾天的事情。

目前知道這件事的，除了當事人惠之外，就沒有其他人了。

在我聽著閒聊回憶此事時，這回教室則傳遍了類似慘叫的驚呼。我以為發生什麼事而抬起頭，結果馬上就知道驚訝來源的真面目。

看見了某個默默來上學的女學生，該說這也是極為理所當然的反應嗎？

集注目於一身的女學生沒回應這些驚訝反應，而是前往自己的座位——換句話說，就是我隔壁的座位。

又長又漂亮的黑髮消失無蹤，長度變得不及肩膀。

她跟自己的哥哥堀北學和解，與過去的自己訣別，所以才會把頭髮剪掉。

我就是因為知道這件事實才能夠不驚訝，但如果是第一次目擊這個瞬間，我應該也會跟周圍反應相同。

「鈴、鈴音……？妳……那個……頭髮……妳的頭髮是怎麼了啊！」

這樣慌張喊著的人是須藤健。他是喜歡同班同學堀北的男學生。

他結束跟朋友之間的談笑，飛奔而至。

另一人——對堀北的變化感到困惑的少女也靠了過來。

「堀北同學，妳真是果斷地改變了形象啊……嚇我一跳。」

櫛田桔梗——她是我們的同學，和堀北出身於同一所國中。

「剪掉頭髮就這麼奇怪嗎？」

堀北不只是對須藤，她對許多關注的學生們都有些銳利地瞥了一眼。

「沒、沒有，與其說是奇怪，不如說只是驚訝……感覺頭髮讓妳的形象有巨大轉變耶……那個，該說是一點也不會不適合嗎？短髮也很不錯啦。對、對吧，櫛田？」

雖然衝擊很強烈，但就須藤來看的話，頭髮的長度根本微不足道。

倒不如說，他順利地接受了心儀對象的新形象，表示感覺不錯。

但被徵求同意的櫛田似乎藏不住困惑。

「是啊。嗯。我覺得很適合喲。不過……是不是發生了什麼事？」

她好像不想被詳細詢問感想，於是把話題方向轉向刺探剪髮的理由。

「發生了什麼事是怎樣，發生了什麼事？」

須藤在堀北回答以前插嘴問。

「例如說……失戀之類的。」

「失失失、失戀！」

「硬要說的話，就是表明決心吧。」

堀北就像是要抹除失戀這個字眼地立刻回答。

「說、說得也是啊，不可能會是失戀吧？」

雖然須藤這麼說，卻流了一身的冷汗。

「今年升上二年級，要打一場讓D班往上爬的戰鬥。為此，我想要先做好自己能做到的事情。」

「原來是這樣啊，那麼……我就反過來試著把頭髮留長吧？」

櫛田這樣可愛地說，但她還是隱約傳達出真心話。

因為她對於自己的頭髮長度變得跟討厭的對象一樣很不滿。雖然大概沒人會認真看待她要留長，但她說不定真的會執行。我不禁想像了她隱藏在話中的狂暴情緒。

「如果滿意了，能回去自己的座位嗎？」

「這就只是頭髮的長短，我不希望你們什麼事都要注意我。」堀北說出想法。給周圍強烈衝擊的堀北，似乎有點不滿自己受到矚目。

她好像很不高興，不過幸好馬上就響起鐘聲，閒聊因此強制結束。

1

開學典禮結束後也已經經過數日。夾著六日，接著到了星期一。

安穩的校園生活。反覆的日常。

在新學期開始有巨大改變的，就是黑板數位化，還有教科書全部換成了平板電腦。我把視線落在上星期新發下的平板。

就像現在電子書的普及非常顯著那樣，課堂上使用的課本也換成了平板。

學生都各配了一台平板，教室後方也新配置了可以高速充電的設備。為了不會在課堂上沒電，平常也都備有行動電源。另外，平板電腦原則上禁止帶回去，不過還是允許透過網路帶回其

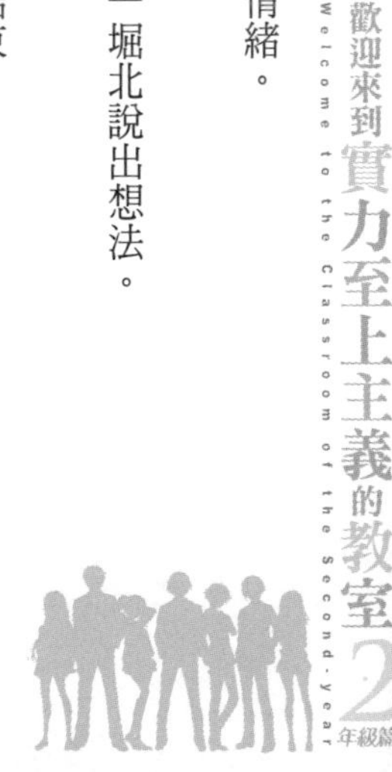

中必要的資料。

麻煩的大量課本，全都以數據收納在這台十二吋型的平板電腦。不僅圖形和照片都可以隨意操作與活用，課程也開始對應國際化，像是在英文課裡也可以順利地跟外國人交流互動。

考慮到這是政府監督的學校，引進甚至還算晚的。

但這份進步是否必然正確，目前仍不明朗。

視孩子們未來有無通用於社會，評價也將會大為不同。

關鍵的二年級學習範圍，比起一年級的時候，難度當然提昇了。雖然不知道其他學校的程度如何，但感覺這間學校至少會比中間水準還要高。須藤跟池他們可以靠自己的力量跟到哪裡呢？為了不要有任何學生退學，比目前為止還要更大的支持將會不可或缺。

總之，大幅改變的就只有那些與課業相關的數位化，除此之外硬要舉例的話，應該就是換座位時可以使用個人點數確保喜歡的位子。我從窗邊往反方向移動到靠走廊的最後一個座位。靠走廊的座位因為常有人員進出，通常似乎很不受歡迎，但那不是那麼值得在意的事。

另外，在校園生活中與新生擦身而過的情況也逐漸增加，但我沒有參加社團，交友狀況當然沒有特別的變化，目前還沒有跟任何人交談過。我一年前初次跟高年級生面對面說話，也是在可以利用考古題的那場特別考試時，所以這應該不奇怪。

總之，新學期開始之後的幾天都很安穩。

「大家都到齊了吧？」

班導茶柱幾乎在打鐘的同時現身教室。

開始舉行早上的班會。茶柱站在講台上，表情非常認真。

並且，從之後的第一二堂課都沒有課程來看，可以預想會有什麼事。

短暫的安穩日常似乎要宣告結束了。

「老師，請問是關於特別考試嗎？」

池在班導說話前問道。

他不像是在胡鬧，應該只是不禁表現出自己充滿幹勁的心情。

茶柱就是知道這點，所以才沒有特別把這件事當作問題的樣子。

以前每當特別考試來臨，大部分學生應該都只會感到不安。

可是，現在要往上爬的話，這就會是無可避免的道路。

大家都漸漸有了應戰的態度。

「你們應該很在意這個部分吧，但在我說下去之前，我有事要請你們做。在你們度過今後的校園生活上，這會是非常重要的一件事。」

茶柱取出自己的手機後，就這樣拿在手上給我們看，同時繼續說：

「請各位拿出手機放在桌上。如果有人忘了帶，我會要求立刻回去拿來……但再怎麼說應該

都不會有學生忘記吧。」

現在手機已經是生活必需品，可說是最會帶在身上的東西。

不久，茶柱確認完放在桌上的三十九支手機，就說起話來。

「那麼，請各位先連到學校的首頁，安裝新的應用程式。應該正好從這時開始就可以下載了。程式的正式名稱是over all ability，安裝後只會顯示為『ＯＡＡ』。」

黑板的畫面切換，開始播出兼作實際示範的影像，以及文字說明。

這可說是因為數位化才能得到的便利部分。

我按照茶柱以及黑板上進行的說明在手機安裝程式，接著一個感覺是學校插圖的圖示，就與ＯＡＡ的名稱同時被製作出來。

「請各位完成到這邊的作業就放下手機。有任何人不懂的話，就舉起手。」

這項作業實在很簡單。進行得很順利，沒有學生對於習慣的事情陷入苦戰。

「不只是你們Ｄ班，現在全學年都在同時進行安裝的作業。這個程式是今後會帶給高度育成高中的學生各種恩惠的出色軟體。百聞不如一見，請你們開啟程式吧。」

我點擊圖示，讓程式啟動。接著手機鏡頭便自動開啟。

「拿相機掃描學生證，就會自動完成初始設定。」

我按照指示拿相機去拍學生證，臉部照片與學號之類的被讀取出來，接著進行登入。

「這樣每位學生都會各自建立一個帳號。今後不需要登入，由於是綁定手機的形式，所以請你們在手機的使用上要更加留意。」

登入結束後，就出現了幾個可以點擊的項目。

「這個程式放了全學年的個人資料。例如說，如果按下二年D班的項目，你們的名字就會按照五十音順序顯示出來。試試看吧。」

合計三十九名學生的臉部照片與姓名，的確都按照拼音順序顯示。

「要看任何人的都沒關係，不過最好還是先點擊自己的名字吧。」

我按照老師說的那樣，點了自己的名字。

還以為會出現出生年月日之類的內容，但似乎不是這樣。

上面顯示出沒看過的項目與數值。

二—D　綾小路　清隆（Ayanokouji Kiyotaka）

第一年度成績

學力C　（51）

身體能力C＋　（60）

靈活思考力D＋　（37）
社會貢獻性C＋　（60）
綜合能力C　（51）

「老、老師，我的成績就像遊戲那樣被數值化了耶！」

「沒錯。這是校方以你們直到一年級結束時的成績為依據所製作的個別成績。不只是自己的班級，當然還會有別班，甚至可以瀏覽全年級學生的成績。學校判斷這在今後施行的教育上會很重要，於是這件事就被採用了。」

總之，這個叫做ＯＡＡ的程式的作用，就是可以讓人在數值上掌握每個學生的成績。另外，似乎也可以對所有學生傳送群組訊息。

畫面右上角有「？」的符號，及「說明」的文字搭配在一旁，按下那裡的話，還會顯示項目的細節。

學力……主要從整年舉行的筆試分數算出。

身體能力……從體育課的評價、社團活動的活躍、特別考試等評價算出。

靈活思考力……從朋友多寡、人際地位為首的溝通能力，以及能否應用機智之類的部分，算出適應社會的能力。

社會貢獻性……從上課態度、遲到缺席為首，以及有無問題行為、隸屬學生會而對學校有所貢獻等各種要素計算而出。

綜合能力……由上述四個數值得出的學生能力。但唯有社會貢獻性對綜合能力造成的影響會減半。

※綜合能力的具體求法：

（學力＋身體能力＋靈活思考力＋社會貢獻性×０．５）÷３５０×１００以此算出（四捨五入）

原來如此。我的靈活思考力會比其他項目低，也算是可接受的評價基準。

因為就算是說客套話，我的朋友數量和溝通能力也不高呢。

如果是以平常表現的結果來評價，其他項目也算是很妥當的數字。

除了第一年度的成績，還有第二年度成績、第三年度成績的項目，不過現在都是空白的。

「現在只有顯示第一年度的成績，但從升上二年級的今天開始，就會以現在進行式得到新的評價。更新就跟班級點數一樣，將在月初進行。須藤，你目前的學力判定是E，但如果在下次的筆試上考到滿分，應該就會在第二年度的成績頁面上被給予A＋的評價。」

也就是說，第二年度跟第一年度不同，會在第二年度中評價，而整年的成績都會留下紀錄。假如須藤四月可以在筆試上拿下滿分，取得學力A＋，可是只要在下一場筆試上考零分，那他就會得到中間大約C的評價——就是這種情形。像這樣過完一年，並在最後得出加總平均的機制。

這個程式值得特別提出的一點，應該就是不限於自己的班級，全都可以透過OAA做確認。目前為止，關於沒交流過的學生的事，如果不直接蒐集情報就不會知道。但是只要看了這個，不管是名字、長相，以及成績如何，就連對象是學長姊、學弟妹都會一目了然。順帶一提，一年級生們的數據似乎是參考國三時的資訊，以及入學考試而製作出來的。學力、身體能力、社會貢獻性就姑且不論，靈活思考力可能就不是那麼可靠。

這是確認成績的便利工具……不對，應該不只如此。

這顯然會完成某種重要的職責。

「那些不滿意自己成績的學生裡，應該也會有人對於留下紀錄感到不滿。不過，這也只能請你們看開了，想成度過這樣的一年的人，終究是自己。」

因為在重要的學力與身體能力上越接近判定E，身為學生，就越會像是留下汙點。

「但第一年度的成績只不過是過去的東西，不會對升上二年級的你們在今後的審查中造成任何影響。意思是，就算是成績不理想的人，趁這個機會修正印象相當重要。成績的可視化，也預期有促使這類成長的效果。」

如果今後個人成績都會一直留在任何人都能瀏覽的程式裡，為了盡量讓成績看起來不錯，大部分人都會想要努力吧。就像茶柱說的那樣，這在促進提昇成績上似乎會有一定的效果……

「老師，為什麼只有社會貢獻性，跟其他三項的評價方式有點不同呢？」

社會貢獻性對綜合能力的影響低了一半。

這是平田洋介對此感到疑問所提出的問題。

「學力、身體能力，還有靈活思考力——這三個項目，校方認為其定位極為重要。另一方面，社會貢獻性會有點不一樣。社會貢獻性的基準，基本上就是『道德』、『禮貌』。對老師的用字遣詞與態度、有無遲到缺席、能否遵守各種規定，以及說話的影響力、正確性等等——會從各方面審核對學生的看法。正因為某種意義上具有常識性，是理所當然必須具備的能力，所以對綜合能力造成的影響才會被設得比較低。」

社會貢獻性跟並非一朝一夕就能建立的其他三個項目不同，視當天的思考方式和修正方式，擁有可以大幅改善的空間。應該就是這種差別了。

「這個程式是平等的。完全無關乎班級的上下，所有人都會同等地受到評價。目前在綜合能力上獲得高評價的學生，作為一個人，也能說是留下了值得稱讚的結果吧。」

雖是按照五十音順序排列，但也備有排序功能。

沒必要逐一檢視現在二年D班綜合能力最高的學生是誰。

我嘗試排序功能，而綜合能力最高的就是洋介。

二－D　平田　洋介（Hirata Yousuke）

第一年度成績

學力B＋（76）

身體能力B＋（79）

靈活思考力B（75）

社會貢獻性A－（85）

綜合能力B＋（78）

重新以數字來看，一眼就會知道洋介有多麼優秀。不管看哪個部分，都是高水準、無可挑剔的成績。如果洋介沒在一年級的尾聲暴露出內心的脆弱，說不定還會再高一點。

我反過來試著以綜合能力低的順序重新排列，池就來到了第一名。他的綜合能力是三十七。

接著，並列綜合能力三十七的標記上也有佐倉愛里的名字。

被周遭認為很有可能會是最後一名的須藤，則位在好幾名學生之上。

二—D　須藤　健（Sutou Ken）

第一年度成績

學力E＋　（20）

身體能力A＋　（96）

靈活思考力D＋　（40）

社會貢獻性E＋　（19）

綜合能力C　（47）

他的學力跟社會貢獻性，與這一年的不良行為交互作用，導致評價相當低。不過，充分的高度身體能力受到好評，彌補了這點，所以避免了最後一名。我試著調查，發現在二年級生的身體

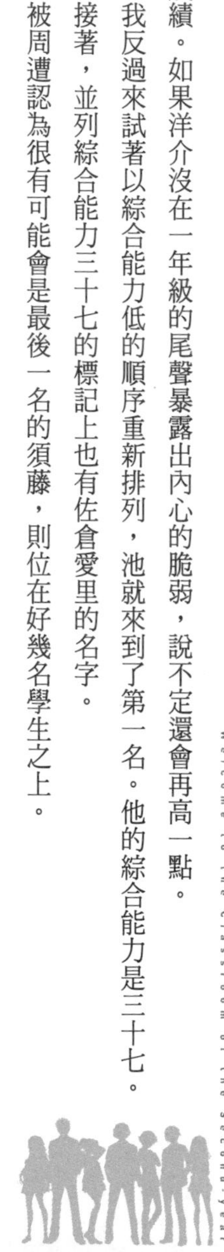

能力項目上，他是唯一一個得到Ａ＋評價的人。

須藤的學力比入學時更有長進，也可看見精神層面的成長，他可能會大幅提昇第二年度記錄下來的成績。

「另外，雖然這與D班沒有直接的關聯，但作為二年級生裡的例外措施，只有二年A班坂柳有栖這個人的身體能力評價，學校會評價成跟整個年級最後一名學生一樣的數值。」

二年A班的坂柳有栖擁有身體上的不利條件。

平時走路也必須拄著拐杖。

也就是說，她就算想要運動也沒辦法。

話雖如此，也沒辦法排除體能部分再算出綜合成績。在這種意義上，配合最後一名的成績似乎是很妥當的判斷。

總之，能力的可視化，在反映出南雲提倡的個人實力上，或許可說是必要的。

「因為有這個程式而改變了對於成績的認知，還有不論是哪個學年，都一眼就能知道對方的名字、長相，將會作為交流的重要工具活躍吧。可是……我認為不只如此。雖然是我個人的猜測——但我認為現在開始的一年，綜合能力未滿一定水準的學生會被施行『某些懲罰』。」

「懲罰……該不會是……退學……？」

「也有那種可能吧。不過，就像我說的那樣，這是我的猜測，未必會是正確的。但最好想成綜合能力的判定越接近E，那種風險就會越高。」

目前最後一名的池跟愛里，在綜合能力上都得到了接近E的判定。

如果就這樣度過跟去年相同的一年，就會處在危險領域。

「你們之中，應該會有人對於自我評價與學校評價之間的差異感到不滿。不過，這就是現況下『校方對你們的評價』。如果不服氣的話，就在這一年展現實力讓學校接受吧。學校也不是萬能的。」

「可、可是，我們該怎麼表現呢，老師？」

確認自己是最後一名的池連忙把手舉起。

「若是沒有參加社團的學生，在審核身體能力的精準度上也會出現一段差距。如果有自信的話，試著參加社團應該也是一種辦法。」

意思就是說，在更多場面上向校方彰顯能力的學生，基本上都會獲得優待。話雖如此，這也會視個案的情況而定。如果貿然地過度自我推銷，也可能會變成問題。

「簡直是個人賽呢。」

茶柱沒有漏聽堀北這句低語。

程式的導入，就像是在拒絕直到目前都作為一個班級戰鬥的過程。

有這種感想的應該不只堀北。

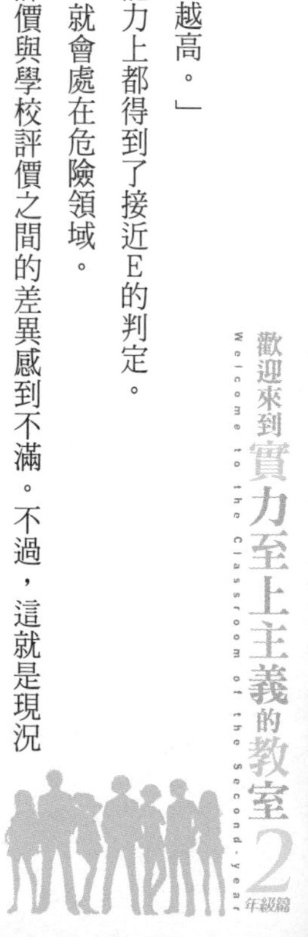

「雖然不對，不過也算是正確答案。從今年起導入的系統，是現任學生會長南雲雅所提議，並獲得校方允許才實現的東西。」

創造以個人實力受評價的制度——南雲之前說的夢想實現了呢。他去年的動作很少，應該是因為在導入這個程式之前需要相應的時間與勞力。

「但就跟目前為止一樣，作為一個班級所被要求的事仍舊是基本概念。請不要忘記這點，認真面對每一天。」

結束程式的安裝與說明後，第一堂課就結束了。休息時間一到，學生們就開始各自盯著手機畫面。自己的評價不用說，也會想要觀察同學或別班學生的成績。

「是說，被當成比高圓寺還欠缺一般常識，我可是很不高興耶！」

盯著程式看的須藤這麼喊，然後怒瞪高圓寺。

我側耳傾聽（雖然是那種會擅自傳來的音量），同時在程式上試著確認。

二—D　高圓寺　六助（Kouenji Rokusuke）

第一年度成績

學力B　（71）

身體能力Ｂ＋（78）
靈活思考力Ｄ－（24）
社會貢獻性Ｄ－（25）
綜合能力Ｃ（53）

平時課堂或考試上還算有發揮一定實力的高圓寺，在學力跟身體能力上都得到了很高的評價。

「什麼嘛，又沒差。反正你在身體能力上完全贏過他——」

沒有特別優秀之處的池，羨慕地發牢騷。

「這是因為高圓寺沒有認真吧？雖然我很不想承認。」

就像須藤說的那樣，高圓寺的身體能力異常高。應該擁有等於或高於須藤的潛能，可是他不僅沒有隸屬社團，體育課也會取決於心情，所以成果非常不一致。只要沒興趣，就會若無其事地蹺課，還會突然間就放棄。說起來，根本不打算動身體也不稀奇。對照之下，須藤不論什麼課題總是認真面對，而且還拿下頂尖成績。就算身體能力相似，審查上會出現大幅差距也是理所當然。

須藤在爭論的，就是社會貢獻性的部分。

總之，就是有關禮貌和道德。

被當作眾矢之的的高圓寺，也是不遜於須藤的問題兒童。

雖說是微小的差距，但他好像還是很不高興自己落於人後。

我也不是不懂須藤想訴苦的心情……

高圓寺在社會貢獻性上會比須藤高分，應該是因為給校方和班級直接帶來負面影響的機會不多。須藤在停學與暴力騷動上受過懲罰，就算分數在他之下也不足為奇。

高圓寺本人聽見了這些話，也完全沒有理會。

對於大家都在意且熱衷的ＯＡＡ，他完全不打算做出超出必要的接觸。

經過一年以上的校園生活，最沒有改變的或許就是高圓寺呢。

總之，我們學生在這一年的成績變得可以看見了。

校方的這項行動，對我來說有好有壞。

例如說，因為有綜合能力的項目，就會製作出暫定的實力排名。

假如現在不巧舉行了特別考試，會在退學人選名單上的是誰，根本就不需要回答。當然都會集中在綜合分數低的學生。

跟池一樣名列最後一名的愛里，應該也很焦慮不安吧。

2

導入ＯＡＡ的話題還沒退燒，第二堂課就開始了。

從此刻開始，話題恐怕會正式移到「那件事情」。

學生們心裡的這種猜測很輕易地命中了。

「我接下來要說明特別考試的概要。」

茶柱像是普通地要開始上課般這麼開口。

「你們升上二年級後第一場舉行的特別考試，內容將會是採納前所未有的新嘗試。就像導入手機程式那樣。」

不知是月城的影響，還是南雲的影響，學校的制度似乎不斷地大幅改變。

「有關最重要的內容，就是你們二年級生和一年級的新生要搭檔筆試。」

「跟一年級生……搭檔……？」

目前幾乎沒有跨年級舉行過什麼。

雖然也存在合宿之類的例外，但在班級對抗賽的機制上，那也是理所當然。

也就是說，那道牆因為導入ＯＡＡ而被拆除了嗎？

「這次的特別考試，相當要求筆試與溝通能力。」

讀書與溝通能力。

乍看之下是互不相關的項目。

「事到如今我也不用說明筆試的重要性了，但截至目前，學校頂多只有在體育祭和合宿上讓你們跟其他年級深入交流，所以判斷學生的溝通能力正停滯不前。」

「可、可是，我們是要跟同年級競爭吧？該說好像有股異樣感嗎？」

池對於會和一年級大大牽扯上，表現出一絲不滿。

「雖然我不是無法理解，但你要嘗試客觀地思考。你第一年成為社會人士接觸到的人，不可能同樣都只有應屆畢業生。其中會有當上社會人士第二年的人，而且你還要跟二三十年的老鳥在相同的世界戰鬥。年紀差距大的對象也可能會成為競爭對手。」

「這……哎呀，雖然好像可以想像。」

「在世界正轉移到實力主義的情況下，多數日本企業還一直被束縛在年功序列、終身僱用。跟學弟妹做些什麼會很奇怪、跟學長姊做些什麼會很奇怪——聽見這場特別考試時會這樣想的人，現在都要先更正一下認知。簡單來說，跳級也是其中之一。像是在美國或英國、德國，這都是理所當然在執行的制度。小朋友跟高中生、大學生混在一起讀書也不稀奇。你們可以想像並接受這間教室有小學生跟你們一樣在學習的狀況嗎？」

同學們像是受到茶柱催促般發揮想像力，然後一定還是無法理解吧。應該會覺得不可能、很奇怪。

日本的確幾乎沒有利用跳級制度的案例。雖說有特定條件，但實際上甚至很多人不知道可以跳級。實際情況就是——對於會把學習步調維持得跟別人一樣的日本來說，這是不合現狀的制度，實際上不一定能接受跳級制度。在White Room的學習速度完全不用跟別人一樣，所以這點我很能理解。

不過茶柱說的確實並非一切。

不是凡事都要向各國看齊。適合日本風土人情的教育也很重要。茶柱自己恐怕也很清楚，但她也只能照上頭的指示做說明。

「今後應該也會出現與一年級或三年級競爭的狀況，不過，只有這次完全是要締結合作關係，請記住這點。」

這就是這次特別考試會需要筆試與溝通能力兩者的理由嗎？想像不到會以什麼規則進行的學生感到困惑。

「為了讓你們理解，回憶去年的特別考試會是最快的捷徑。想成是從同學中找到搭檔的Paper Shuffle改良型，就會很好理解。」

Paper Shuffle。

同學們兩人組成一組挑戰考試。

也就是，不是同班同學，而是以二年級與一年級搭檔的形式嗎？

雖然感覺只有這點差異，但這跟上一次還是大有不同。

「要跟一年級什麼班級的哪個人組隊，都是你們個人的自由。考試期間是包含今天在內，大約兩個星期後的月底。選定搭檔的時間，還有認真念書的時間，都有確實準備給各位。」

若是這場特別考試，讓我們在這個階段就安裝OAA這個程式也可以理解。

一年級生當然不會詳細了解高年級生的長相和名字。

二年級生也當然不會詳細了解低年級生的長相和名字。

以前舉行過同學之間的Paper Shuffle，正因為是在夥伴間舉行的考試，所以才可以做各種調整，並和任意的夥伴搭檔。

換句話說，某人輔助不會讀書的學生存活下來，也是很容易的事，可是這次的考試不一樣，是以彼此都要找到優秀隊友為前提行動。而且組隊的對象不是同年級，而是關係淺薄的低年級生。一年級有一年級的狀況，二年級也有二年級的狀況。

重要的是，從零開始建立信任關係，會耗費相應的時間。

想到如果要沒有手機程式構築這種關係，兩個星期實在不夠。

但在ＯＡＡ裡的名字和長相都會對上，可以知道對方身分，是有可能在一定程度上抄近路。

而且可以大致了解目前的學力，所以也很容易在組隊時當作參考。

「考試當天會一起進行五個科目。一科一百分，滿分合計五百分。關於最重要的規則……這次有準備兩種——班級單位的比賽，以及個人單位的比賽。」

茶柱把手指伸向黑板，顯示特別考試的結果。

按年級別的班級比賽：

以全班分數及所有搭檔的分數算出的平均分數來競爭。

按照平均分數高至低，依序給予報酬班級點數五十點、三十點、十點、零點。

個人比賽：

以自己與搭檔的合計分數計分。

前五名的配對，各獲個人點數十萬點當作特別報酬。

前百分之三十的配對，將各獲個人點數一萬點。

總分低於五百分，二年級生將退學，一年級生不論維持多少班級點數，未來三個月都不會匯入個人點數。

另外，判斷蓄意答錯題目，而且操縱、降低分數的學生，不論哪個年級都會退學。強行要求第三者考低分，該學生也同樣會退學。

「你們應該隱約知道了吧？這次的考試，學生的學力評價越高，就會銷得越好。」

雖然沒有ＯＡＡ的話，就無法連細節都看見，但因為這個程式的登場，學生的實力因而完全暴露在外。只要學力的判定越低，就會越難找到搭檔。

對學力感到不安的學生，應該明顯看得見會有滯銷的傾向。

聰明的學生，當然就會跟聰明的隊友搭檔，以前幾名的報酬為目標。對學力不安的學生，也會為了存活而尋求聰明的搭檔。最後多出來的後段學力的學生若互相組隊，也有可能會無法超過五百分。這麼一來，等著二年級生的就會是退學這個嚴苛的現實。

二年級生理解學校的機制，班上也萌生了不少友誼。

哪怕是無視前段報酬，都會採取行動幫助同學吧。

但從一年級生來看，他們當然都還沒完成班級的統籌。這麼一來，就不會把算不上什麼朋友的學生整整三個月沒有個人點數匯入看得那麼重要，不會認為是大事。這正好跟一年前這個班上許多人都打算對須藤見死不救時一樣……不對，這還超出了當時的狀況。

「搭檔經由雙方的同意成立，在ＯＡＡ裡登錄就會完成。雖然從今天這個瞬間起就可以組隊，可是一旦承諾搭檔，之後不管有什麼理由都不能解除配對。」

這麼一說的話，只要對方的學力沒有特別高，就會很難立刻答應。

隨便決定，之後可能會後悔。

螢幕更新，接著顯示關於搭檔的資訊。

決定搭檔上的方法與規則：

每天只能利用ＯＡＡ向希望搭檔的學生寄出一次申請（若沒被接受，申請會在二十四小時後重置）。

如果對方接受申請，就會確定搭檔，今後無法解除。

※退學或重病等不可抗力的問題除外。

確定搭檔的兩人，隔天早上八點在ＯＡＡ上顯示的資訊會同步更新，變得無法接受新的申請。

※不會清楚寫上搭檔對象是誰。

從這個規則來看，我們既無法隨意寄出大量的申請郵件，而且就算寄給特定人物，要知道該

名人物在同一天和其他學生搭檔，也要等到隔天的八點，所以也有浪費申請的可能性。

雖然我不知道有沒有學生會接受根本不太認識的學生所寄出的申請。

這條規則恐怕是為了讓人不知道誰跟誰搭檔的措施。如果才剛搭檔便反映出來，就可以很容易地分析各班的戰力。

「老師！絕對不會有學弟妹想跟我組隊啦！像我這種笨蛋，難道就只能靠溝通能力設法做點什麼了嗎！」

池這樣的悲嘆理所當然。

直到大家想組隊的對象耗盡為止，學力低的學生被需要的機率都很低。

雖然前提是如果採取正面進攻。

「放心吧，你再怎麼銷不出去，學校都有考慮到不變成無法組隊的事態。如果一直到特別考試時隊伍都沒有配對完，就會在當天早上八點隨機選出。」

對於可以當作是救援措施的這番話，池放心地撫胸。

「話雖如此，學校也不能把找不到搭檔的學生，與其他學生平等地看待。所以，因為時間耗盡而誕生的搭檔，學校採用從總分扣掉分數的百分之五當作兩人的懲罰。」

安心也只有一瞬間，班上對百分之五的懲罰發出慘叫。

雖然不會變成不能參加特別考試的情況，但還是要背上相當吃不消的不利條件呢。

「老師，我們二年級有三個人退學，一年級生最後不就會多出三個人了嗎？」

茶柱淡然地回答洋介這瑣碎的疑問。

「關於剩下的三個人，會以把該學生的分數乘以二的方式進行填補。不過一樣會被施行百分之五的懲罰，所以應該很少人會樂意變成一個人。」

意思是單純會是一人分飾兩角嗎？如果有三名高學力的一年級生剩下來，似乎就不會產生問題。可是這次的特別考試，我也無法只替池和須藤操心。

因為對我來說，這很確定會是難度極高的特別考試。

難度變高的原因，就是「總分五百分以下就要退學」的部分。換句話說，我在通過特別考試時的重要搭檔，絕對必須考一分以上。就算我五科都滿分，但如果搭檔零分的話，退學就會無可避免。

一般來說，這是過於激烈的規則，相當危險。一年級生沒有退學的風險，所以要是對方放水、考到很低的分數，我們就會被迫接受不講理的退學……可是，保護這條規定的，依然是校方制定的這句規則——「被判斷蓄意答錯題目，而且操縱、降低分數的學生，不論什麼年級都會退學。強行要求第三者考低分，該學生也同樣會退學」。這應該可以說是為了讓這場特別考試作為正當內容而成立，極為重要且不可或缺的內容。

這是為了防止學生威脅放水、要求點數這種不正當行為所做出的措施。這麼一來，他們就不

能在考試上露骨地放水。有這項規則，一般學生都會因此得到堅固的保護。

但就算是通常足以保護學生的規則，要將其視作可靠還是不夠。

那是因為——只有White Room的學生另當別論。

對方是以讓我退學為前提進攻，所以這條規則算不上抑制力。

如果那個人成功和我搭檔，就會毫不留情地考下零分吧。

總之，如果我挑到White Room的人當作隊友，光是這樣我就出局了。在特別考試開始的階段，就有一百六十分之一以上的退學機率等著我。

「假如搭檔因為行為不當而退學，與其配對的學生將不會受罰並視為及格」——原本也可以至少有這種措施，可是，就我目前聽見的，根本就沒有這種保障。

沒有任何人追問這點，是因為大家都擅自深信不可能有學生會故意採取被退學的行動。不對，不只是這樣。

萬一出現那種學生時，校方恐怕還是會趕緊處理。

心想被不正當的學生牽連而退學，實在是太過嚴苛。不過，要是被捲入的人只有我，那個男人就會強制執行處分了吧。

他會說是我的失誤，跟不認真應考的學生搭檔。

為了可以臨機應變地處理，他在規則上準備了一些漏洞。

我的腦海閃過了月城的身影。這無疑是那個男人思考、製成的規則。

他不可能會放過這次特別考試的機會。如果我慢吞吞地慢別人一步，White Room以外的人就會接連被選作搭檔，而我抽中White Room學生的可能性就會上升。

雖然我只要迅速行動，和認為不是White Room學生的人組隊就好，可是我在OAA上的學力評價是C，並非可以任意挑選夥伴的立場。

話雖如此，就算我打算選擇學力極低的學生，如果對象是學力C的我，對方一年級生也會無法完全抹除不安，應該不會給出搭檔的許可。

這麼一來，我可能就會去找學力C左右，感覺組隊也沒有影響的人，但也可以想像那個人會看穿這點，並待在這個評價附近埋伏我。

我在接受規則說明的階段，就很確定這比之前任何一場考試的門檻都更高。

「老師，考試的難度會在什麼程度呢？」

堀北舉起手，詢問茶柱對其他學生來說最重要的部分。

「坦白說，有很多非常困難的題目。就算在你們目前考過的考試裡，想必也可以說是最難的關卡，可是……那是要以高分為目標的狀況。考題是做成即使學力判定在E附近的學生，不預習

也可以考到一百五十分以上。只要用功幾天，可以穩穩拿到兩百分吧。然後，雖然這只是個標準——」

茶柱這麼說完，就在畫面上顯示按照學力別的分數預測表。

學力Ｅ　一百五十分～兩百分
學力Ｄ　兩百分～兩百五十分
學力Ｃ　兩百五十～三百分
學力Ｂ　三百五十分上下
學力Ａ　四百分上下

「只要確實預習，就能考到這些分數了，但別忘記如果驕傲自滿而疏於念書，當然也有可能變成這些預測以下的分數。」

茶柱補充，表示不要過度相信螢幕顯示出的內容。

「還有，雖然看到學力Ａ的學生在四百分左右就會明白，不過這次的考試別說是滿分，各科大概都不會出現超過九十分的學生吧。」

這跟她說是最難關卡的部分好像有直接的關聯。

總之，如果學力E附近的學生們變成搭檔，就會演變成純粹的退學危機。

「以上就是四月舉行的特別考試概要。請各位繃緊神經挑戰考試。」

後來，老師口頭說明了考試的範圍。

茶柱說，如果確實預習一年級學過的範圍，就幾乎沒問題。

3

進入休息時間，眾多學生必然地開始聚集在洋介的周圍。

看見這場景，堀北也馬上離席，前去跟人群會合。

我也姑且聽一聽內容吧。

「怎怎怎、怎麼辦才好啊，平田！我的學力判定是E，這是大危機吧！」

池抱著頭，向洋介乞求幫助。

洋介一邊要這樣的池冷靜下來，一邊環視全班。

「先冷靜下來，再來固定方針吧。」

「對，你完全不用驚慌。」

「可、可是啊！」

「這的確不是輕鬆的考試。為了確實考到五百零一分以上，學力E的學生必須跟學力B以上的一年級搭檔。可是反過來說，只要能跟B以上的學生組隊，就可說是讓人相當放心的考試。」

堀北似乎為了讓他冷靜，說明突破考試需要的沒那麼複雜。

「再說，我們這一年都一路合作、熬過了一樣的考試。如果像至今為止那樣合作，並且努力預習，要超越兩百五十分或三百分也並非辦不到。」

「嗯，堀北同學說得沒錯喔，只要我們互相合作，大家一定都能平安無事地結束考試。」

洋介配合堀北頻頻附和，周圍的動搖一點一點地平靜下來。

「重要的是不要輕率地決定搭檔。可以毫不遲疑做決定的，只有學力B以上的一年級生說願意搭檔的情況。」

確實，搶先一步決定搭檔，直到最後考試結束都無法變更。

必須弄清楚對方是否為和自己絕對考得到五百零一分以上的人。

「另外，我希望學力B＋以上的人不要著急，並且把狀況弄清楚。為了救到所有人，先把一定人數會念書的學生留下來，說不定會變得很重要。總之，不論是會讀書，還是不會讀書的人，要行動時一定要找我或平田同學商量。」

堀北只傳達最低限度的資訊，請求大家不要貿然騷動、驚慌。啟誠和小美這種資優生們都毫不猶豫地點頭，表現合作的態度。雖然應該不是不能統整並接下整個班級的談判，但要圓滿決定搭檔就會很困難。因為要在有對手的狀況下互相競爭，所以也必須跟時間賽跑。

「總之，我打算跟加入足球社的人交涉看看，好像也有好幾個擅長讀書的學生，我或許可以請他們當搭檔。」

聽著這番話的洋介也這麼對堀北說。人海戰術也是重要的戰略。

「那麼可以拜託你嗎？要是有你的協助，會讓人很放心。」

而且，如果要透過社團活動的話，這又是堀北做不到的部分了。洋介溫柔地微笑點頭。

「還有，考慮到萬一，我認為應該向學力在C－以下的學生進行訪問調查。」

「這個判斷很正確，我們就合力以尋找搭檔的方向動作吧。」

光是可以像這樣在最初的階段就對全班說明方針，就會有很大的不同。可以找人彌補自己不擅長的部分，又可以獲得不會被捨棄的安心感。

「堀北同學，還有一件事——」

「學力C以上的學生裡，也有不擅長對話的人。我也打算輔助在有別於學力的部分上，對於尋找搭檔會陷入苦戰的人。」

兩人擁有不用詳細討論也能理解的聰明頭腦。

以最底限的對話，完美地配合步調。

「謝謝妳，妳能這麼做的話，還真是幫了大忙。」

堀北和洋介流暢地進行話題，以雙方都同意的形式整理狀況。

雖然兩人曾經正面衝突，但現在的合作卻順利得教人難以置信。

堀北變得圓滑，洋介柔軟的思考方式更是發揮了作用。

「對了，須藤同學，籃球社那邊怎麼樣？應該也有一年級生加入了吧？」

堀北向熱衷在社團活動的須藤詢問意見。

不過，須藤有點尷尬地別開眼神。

「對、對啊，可是……」

「可是？」

「雖然社團活動才開始幾天，該說滿斯巴達的嗎……因為我是用那種風格做事。」

「意思是你待人很有威迫感嗎？」

「哎呀，或許就是那種感覺吧，因為籃球世界是很現實的。」

主要就是他可能已經處在被人討厭的立場了。

雖然這當然是因為他很認真在面對籃球。

對練習很嚴格的學長，好惡可能會有很大的差別。

「沒關係，你先專注在讀書，別去想特別考試。」

「好、好的。」

讓他貿然行動會有反效果，因此堀北便好好叮嚀了他。

4

之後的午休。我吃完午餐就被堀北叫了出去，因此前往走廊。

「這些話不是能在教室裡說的。如果是這邊的話，有別人過來都會知道。」

「所以呢？是關於這次特別考試吧？」

「對，茶柱老師說這次的特別考試是難度相當高的考試。對於學力低的學生們會是試煉，可是對於我跟你的比賽來說，是很理想的發展。」

她似乎打算先聊完我們的事，這麼開口。

我跟堀北在春假約好了一件事——就是在筆試上比一個科目，以分數的高低決勝負。我贏的話，堀北就要加入學生會。堀北贏的話，我就要毫不吝惜地為了班上使用我這一年來一直隱瞞的實力——就是這種內容。老師很清楚地告訴我們，就算是擁有學力評價A的學生，要在一個科目上考到九十分以上都很困難。如果是這種難度，就不會隨便變成兩邊都滿分平手的發展。

「沒有異議吧？」

她確認對於透過接下來的筆試分出結果，我有沒有異議。

「當然。」

貿然延後也沒有好處，我便理所當然地答應她。

「那就太好了呢。那麼，可以立刻進入下一個話題了。」

堀北再次確認約定，好像暫且滿足了，於是拿出手機。

然後啟動今早剛安裝的ＯＡＡ。

「我把一年級中學力Ｂ以上的學生當作資優生，試著調查了人數。Ａ班有十七人，Ｂ班十三人，Ｃ班十三人，Ｄ班十一人。」

合計五十四人。可以說算是有一定的比例。

「我們班被分類成學力Ｅ的只有四個人，就算包含學力Ｄ的學生在內，全部也就是十二人。對一年級生來說是具備充足戰力的狀態。」

「問題是那些資優生，我們Ｄ班可以拉攏多少人變成夥伴。」

就算有五十四個人，也一定會發展為爭奪戰。露出破綻的話，也可能全部被搶光。

「對。可以確保越多這五十四個名額的班級，當然就會占優勢，反過來說，抽到很多Ｄ＋以下學生的班級只會變得很不利。」

這次引進的程式兼備了極為便利的機能。

可以把這項機能好好運用自如的班級，應該就會最接近勝利。

「坂柳同學、龍園同學，還有一之瀨同學都一樣。各班應該從今天起就會開始行動。」

即使在領袖之中，A班的坂柳應該會直接進攻。

他們班對學力不放心的學生最少，她只要活用這個優勢，徹底執行把聰明的一年級生拉為夥伴的作業就好了。從學弟妹來看，他們只要看到OAA就會立刻了解A班的安定力。如果合作的話，就算是前段的報酬也能一口氣往手邊拉近。

另一方面，我們就沒辦法這樣。

「最重要的，首先就是優先幫助學力E或D的同學，讓他們跟前段的組隊。」

堀北同意，輕輕點頭。

「雖然現在還很難說是一百分，但我有試著製作優先搭檔的清單。我認為應該先解決的還是須藤同學。」

「等一下。須藤的學力判定確實是E，不過實際狀況怎麼樣呢？」

須藤一開始入學的成績太差，結果獲得了E的評價。

可是在一年級的後半段，他開始一點一點地表現出學力的提昇。

總之，現在稍微再高一點也不足為奇。

「我想想……的確遠比之前更有成長。春假裡，須藤同學也為了補回至今落後的進度而整天都在念書。」

「妳一直陪著他開讀書會之類的嗎？」

「怎麼可能？我也不是閒到每天都會去陪他。他學到了一定的自我學習能力。我只會幾天確認一次他交過來的成果，然後再還給他。」

「哦……」

我還以為他是為了堀北而努力，這是件值得我坦率佩服的事呢。

「老實說，我認為須藤同學是在稍微前面一些的位階……就算跟其他學生相比，感覺也來到了D至D＋。」

當然，這只算是一廂情願的預測。

不過，就我這個認識一年前的須藤的人來看，這是相當大的成長。

「須藤的確……該怎麼說呢？我覺得他以前聽見特別考試內容時會更慌張，應該也會很動搖。他變得滿沉穩的。」

只不過他還是因為社會貢獻性輸給高圓寺而吵鬧了一番。

「他在妳的鑑定裡學力是D以上，但他的優先程度卻高於池呢。」

「那是因為他的個性與外表會有很大的影響。再說，他今天早上說自己在社團活動上態度高壓，這部分也讓我很掛心。」

看來她並不是偏袒須藤，似乎是基於確實的分析。

「假如你是什麼都不知情的一年級生——須藤同學和池同學，誰會比較容易搭檔？如果表面上成績完全相同的話。」

「當然還是池吧。」

須藤身高體格都很魁梧，一頭紅髮、語氣嚴厲，無論如何都會有種可怕的形象。

如果要跟程度一樣的人組隊，我還是會想跟容易互動的池合作。

「比起胡亂奢求對象的學力，要找到搭檔這件事本身說不定才困難。」

就是因為這樣，堀北才會把他指名成想先解決的學生嗎？

「我懂了。可以的話，我會希望他跟學力B－以上的一年級生搭檔。」

「嗯。這樣我想他就能確實地熬過了。我想要趕快行動，你可以幫忙嗎？」

「幫忙？我不覺得有我能做的事耶。」

「就算是在旁邊說出想到的事情也沒關係。放在身邊的最好還是我自己信得過的對象。」

「換句話說，意思就是妳信任我？」

「在能任意使喚的同學中，我很信任你。」

這種表達真讓人搞不懂信任度是高是低呢……

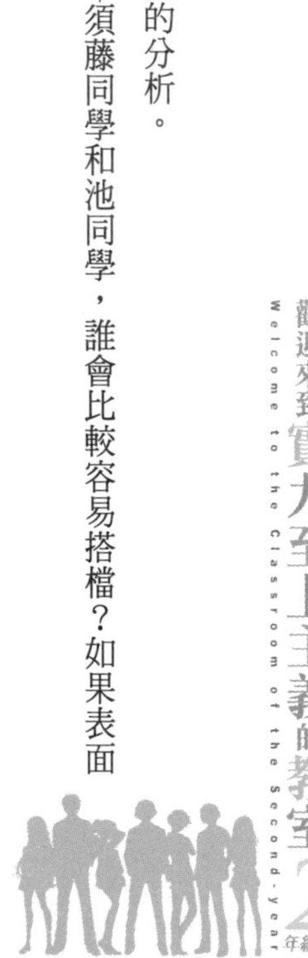

「還是說，你為了贏過跟我的比賽，不多讀一分鐘的書就會很不安？」

這種挑釁，倒不如說還會有反效果。

我覺得很不安，妳就讓我在房間裡讀書吧——她就像是在幫我準備這種藉口。

「我非常不安——」

在我心懷感激地打算利用這個藉口時，手機有了動靜。

二年B班的領袖一之瀨帆波，在程式裡準備的全體聊天室寫進了東西。其內容是——

『我們獲准今天下午四點到五點，於體育館內舉行一年級與二年級的交流會。請時間充裕的學生務必前來集合。』

對煩惱該如何接觸一年級生的學生而言，這發言就像是一場及時雨。

「不愧是一之瀨同學呢。不只是他們自己，居然還考慮到全體學生再採取行動。」

雖然不清楚會有多少人參加，但應該可以視為會有一定的人數聚集。

也很可以想像當場會有搭檔成立。

但別說是喜悅，從堀北的表情中還看得出一絲焦急般的情緒。

說不定她原本也正在想像類似的戰略。

「怎麼啦？特別考試才剛開始吧？」

「是、是啊，首先，我們一開始要做的事已經決定好了。」

也就是要在放學後參加這場交流會吧。

然後不知不覺間，就變成我得幫忙她了。

算了，只是跟去的話，也沒有那麼麻煩……

堀北就像是在傳達她知道我的想法，而投以試驗般的眼神。

「知道了。我陪妳。」

「哎呀，你真的願意幫忙啊？還以為最近被你迴避……態度變得相當配合呢。」

這傢伙有被我迴避的自覺，還光明正大地把我叫出來，這也很厲害就是。

「我只是想在附近觀摩妳會用什麼方式戰鬥。」

「原來是這樣。使用幫忙這個字眼，還太言之過早了呢。」

堀北比較能接受這種說法，自己一副很滿足的樣子，不過這是場面話，這次是我為了生存也必須行動的考試。跟堀北一起行動，很多事也比較方便執行。

「既然這樣，我就當作有一半是在自言自語吧。雖然把須藤同學跟池同學確實地拉到及格線會是大前提，但這次的特別考試，互相爭奪優秀學生是很基本的。當然，龍園同學和坂柳同學的動向……換句話說，我們也必須注意『戰略』。」

雖然她是在說很理所當然的事，但以前的堀北不會顧到這邊。

應該只會專注在讓須藤他們存活下來，對敵人的戰略表現疏忽的一面。

不過，她這次從一開始就有強烈的戒心。

「現階段當然不會詳細知道那兩人會使出什麼手段。不過，我認為握有其中一個關鍵的會是『個人點數』。」

也就是現金。堀北認為就這間學校來說，個人點數的力量會發揮用處。一年級生與二年級生目前毫無交情，換句話說，要快速談妥的話，利用個人點數就是最好的捷徑。

「雖然不知道A班和C班擁有多少資金力量，但如果會變成爭奪學生的形式，他們就一定會執行收買的戰略。」

「是啊。對一年級生來說，容易理解的也是點數呢。」

收下點數，就相對地要在念書上回應——這種經過任何人都想像得到。不過，隨意以成綑的鈔票互毆，個人點數轉眼就會枯竭。尤其D班也因為這一年都很低迷，與別班相比的話，點數的量……總之資金力量上是大不如人，這不用調查也很顯而易見。

「通常我們也應該投入資金，確保一定人數的學生。」

基本上，可以對抗金錢的就是金錢。我們會需要打一場看誰存得比較多的金錢遊戲。

不過，她對剛才一之瀨傳送到全體聊天室的訊息感到焦躁，就代表……

「首先，我們就在交流會上偵查。有機會的話也可能會當場行動，不過我不打算急著進行。這樣可以嗎？」

堀北心中似乎還沒完全固定方針，沒有說得太深入。

「對了，綾小路同學，你可以憑自己的力量找到搭檔嗎？」

「拜託妳的話，妳就會願意幫我找嗎？」

「就算客觀地判斷，你的學力也是C。基本上跟任何人搭檔都沒關係。這是你可以順便解決的案件吧？」

「那麼，我傷腦筋時再拜託妳吧。」

決定要跟堀北或洋介搭檔的一年級生，就可以從White Room學生之中剔除。換句話說，我也不是不能利用在他們搭檔前一刻拜託並巧妙換人的技巧。不過，假如對方有收到一切資訊，沒轍的我會做出這種選擇，也會列入對方的考慮範圍。因為我只能深入確認真偽並猜測，所以很難說可以百分之百迴避。最重要的是，對一年級生來說，他們判斷因為對象是堀北或洋介才要搭檔，所以強行替換絕對不是件讓人開心的事，他們應該不會輕易地同意。

「你最好不要從容地慢慢來。不是沒有令人擔心的因素。因為時間耗盡所造成的百分之五懲罰，代價絕對不算輕。」

「是啊。」

對我來說，我也不打算慢吞吞地面對，White Room的人讓我很掛心。

因為對方應該毫無疑問就混在一年級當中。

狡詐學生齊聚的一年級

體育館裡，一年級生和二年級生加起來總共聚集了好幾十人。其中多半不是二年級，而是一年級。果然是因為許多學生都把這場交流會當作一次很重要的機會。一年級的參加者，我現在看了也不認識，所以就先掌握了有參加的二年級生。

我沒看見A班領袖坂柳的身影。雖然不知道能不能說是代為出席，不過我有看見橋本正義的身影。坂柳的腳不好，無論如何行動範圍都會很小，而且她走得很慢。他是彌補這部分，完成此重大任務的人。乍看之下，A班只有派出橋本，而且沒有打算跟特定人物搭話的舉止。

大概是在偵查交流會上誰跟誰接觸吧。

也因為B班是主辦人，因此以一之瀨為首，班上大概有一半的男女生都露臉了。其中也有在旁支援一之瀨的神崎。不過，其他學生不會給人一種偏重在特別有實力的學生，或是可能對學力不安的學生的印象。似乎單純是以善於社交的成員為中心做挑選。另一方面，C班學生乍看之下沒有人參加，簡直從一開始就不把什麼交流會放在眼裡。即使以這個場面來說，也隱約看得出二年級生全體的想法。不過，今天對堀北而言，重要的不是二年級。

而是幾乎不認識的一年級生們。

入學沒多久的一年級生，應該還搞不清楚狀況。

這種情況下，突然要他們跟二年級生搭檔，應該也有很多學生的腦筋轉不過來。他們以同班同學、比較要好的人為單位聚在一起。

一之瀨見狀，就完全不提及特別考試，打算從自我介紹和若無其事的閒聊開始擴大交流。當然，不是每個人都能立刻敞開心扉。

理解這點的一之瀨沒有焦急，而是慢慢靠過去溫柔地微笑。然後，就漸漸融化了他們冰封般緊閉的心。即使只是在旁觀望這場交流會短短幾分鐘，之後的情景便彷彿浮現在眼前。

「她沒有把特別考試放在優先，而是先建立彼此的信任關係。很像是一之瀨同學的作風呢。這是任何人好像都辦得到，但其實做不到的耀眼方式。」

堀北把自己對這場交流會的第一印象用言語如此表達。

雖然作為戰略會被有效運用到哪裡是個未知數，但這依然非常重要。

一之瀨在做的事，不管對一年級還是二年級來說都只有加分。

對於打算這樣活躍表現的一之瀨，堀北以「耀眼」來形容。

從那張側臉，可以隱隱看出她大概開始思考的戰略。

「妳也在想著類似的戰略嗎？」

「……是啊，以個人點數為主軸的戰略，對我們D班的負擔很沉重。所以，我本來覺得和一年級生建立信任關係很重要。可是，我們實在贏不過一之瀨同學。倒不如說，這種戰略可是她的專利呢。」

要對方同意作為搭檔，就會需要些「什麼」。而符合那些「什麼」的有各式各樣的東西，像是點數或信賴、友情或恩情。

「大部分一年級生都已經知道二年B班一之瀨帆波同學的長相和名字。不安的學生一定會聚集到她身邊，而她也應該會回應那些期待。」

「是啊。」

他們根本不認識我們二年D班，不可能特地過來我們這邊。

「但就算不模仿她那種耀眼的方式，還是有其他做法。」

看來堀北在這場交流會上找到某些像是提示的東西。

關鍵應該就在於她一直開著OAA，同時看著一年級生的部分。

堀北似乎還沒有要回去，而是持續觀察一年級生們。

在旁看著的不只有我。巨大的人影移動了。

「不過，他們個個感覺都是意志薄弱的傢伙耶。」

須藤在堀北隔壁看著一年級生，透露這種感想。

今天須藤原本安排要直接去社團活動，但一之瀨要開交流會的請求被批准，忽然決定要使用體育館到五點，於是他就向堀北申請了同行。

似乎被堀北拒絕表示不需要，但須藤還是說：「反正都是要去體育館，所以應該沒差吧？」

「你不要亂瞪人，讓人害怕也不會有任何好處。」

「我沒有瞪人啦，我本來就長這樣。是說啊，慢慢來沒關係嗎？這樣聰明的學弟妹不是都會被一之瀨帶走嗎？應該可以搭話吧？」

「最好快點去搭話。」須藤著急地向堀北說。就算二年B班以外的學生在交流會上說服一年級生，一之瀨也不會生氣吧。倒不如說，眼前還會浮現她高興的模樣。

「妳要怎麼做？」

我也很好奇堀北的行動，於是問了問這件事。

「你覺得我們在這個地方跟二年B班以社交性決勝負，能贏嗎？」

一之瀨比起自己的班級獲勝，現狀下更著重一年級的救助。

B班沒有任何人離開，好像打算跟一年級生增進感情。

這份熱情應該也有傳達給一年級生們。

「完全不認為。」

洋介和櫛田就姑且不論，我和堀北、須藤都非常欠缺那項能力。

她應該非常清楚這點才來到這個地方。

在討論快要正式開始時，堀北採取了行動。

「——走吧。」

她不是要參加交流會，而是撤退。

意思就是說，堀北一開始就不打算在這場交流會上把一年級生拉為夥伴。

「這樣好嗎，鈴音？」

「半數以上的學生都沒參加這場交流會，我們要跟那一邊的學生交涉。」

總之，她的目的是把沒有傾聽一之瀨意見的一年級生當作目標。

不過，這同時也代表拉攏的難度。

他們是沒有別人幫忙也能靠實力得到搭檔，或沒勇氣參加交流會的學生。又或者已經想好戰略的學生。不論如何，可想見會有很多不好對付的學生。

「我就姑且問問妳的根據吧。」

「理由有兩個。就我剛才的調查，來交流會的學生，對學力不安的學生比例出乎意料的高。我們急著需要的是學力至少B－以上的學生。也就是不來交流會仍有自信的即戰力。」

有道理。這樣的話，確實也可以在一定程度上接受離開交流會這件事了。

「我們最該優先做的不是讓學力A的學生互相組隊，而是為了絕對不要有人退學，說服那些擁有學力可以確實掩護後段同學的學弟妹。」

不過，就算二年B班救助了很多人，一年級生當然還是會有多出來。而且，一之瀨的立場上比起學力高的學生，應該會把拯救學力低的學生放在優先。我們也可能意外獲得一定的高學力學生。

應該把第二項理由看成隱含著這點。

「而且在交流會現身的人們，不論學力如何，都有點不平衡呢。」

「不平衡？」

「我是指一年D班的學生完全沒參加。」

完全沒參加？原來如此，這種不平衡可能真的很有意思。

「你也懂呢。」

「什麼啊？一年D班沒參加，這有什麼含意嗎？」

須藤偏了偏頭，表示不懂意思。

「一個班級多達四十人。其中會有不會讀書，也會有不擅長對話的人。可是，這裡沒有一年D班的人參加。意思就是說，這很明顯反映出了班級的意思。」

這顯然是某人控制了班級，引導大家不去參加交流會。

想到才入學沒幾天，可說是很異常。

「換句話說，一年D班已經有領袖，而那傢伙拒絕交流會嗎……」

「如果有能以班級為單位談判的對象，我就不用以個人單位討價還價了呢。」

總之，這是二年D班與一年D班掩護彼此學生的戰略。

「妳說得對，但這樣不就沒勝算了嗎？」

為了不弄出退學者，這是很不錯的主意，但我們應該就不可能在總分上贏過別班了。

「是啊，在這種意義上，我這次不打算打班級戰。」

「雖然我的立場沒辦法說三道四，但這樣沒關係嗎？」

「嗯，完全沒問題。」

堀北很清楚地斷言。儘管戰鬥方式不同，但戰略方向似乎和一之瀨一樣。

都是在特別考試的寶貴機會上，放棄獲得班級點數的想法。A班的橋本好像也勘查完一之瀨的交流會，正要離開體育館。

堀北似乎接著橋本前往體育館門口。我們也跟了過去。

不過，我在就要離開前回頭往一之瀨的方向看了一眼。

一之瀨完全沒發現我的存在，而是面帶笑容面對一年級生進行話題。

不論學力是E還是D，一之瀨應該都會毫不遲疑地伸出援手。

放棄特別考試的勝利，為了不讓自己的班級出現退學者的戰鬥。

這和堀北接下來打算做的事，即使做法不同，仍是一樣的。

可是——本質的意義上，兩者究竟是否相同呢？

「嗨。」

橋本似乎正在等我們，離開體育館後，他就前來搭話。

「還真是老樣子耶，一之瀨。」

「她好像優先想要拯救同學和一年級生呢。」

「這樣不太好呢。一之瀨目前並不構成威脅。她知道拉攏笨蛋的壞處嗎？這就像是放棄了比賽。」

橋本傻眼地說。橋本不可能發現堀北打算執行的戰略也一樣。因為他根本料不到堀北會有放棄比賽的想法。

「她知道的話，從一開始就不會安排這種場面了吧？」

「嗯，有道理，說得也是啊。」

「你們A班……坂柳同學不用看交流會也知道呢。你們沒參加的理由，是因為已經料到何種學生才會現身在這個場合。」

「嗯，就是那樣吧。」

即使如此，她還是先只派出橋本作為偵查人員。

「所以，你們打算怎麼把資優生拉為夥伴？」

「這要取決於公主大人的想法呢，我只會服從指示。」

橋本這麼說，簡單交談後似乎覺得心滿滿足，於是離開。

「橋本那傢伙說的話，妳可不要太相信，鈴音。」

「用不著你說。是說，你很了解橋本同學嗎？」

「不，完全不了解。」

他威風凜凜地擺架子這麼回答。

「……是嗎？A班有作為A班的這種巨大優勢。學生應該會在一定程度上自然而然地聚集過去吧。」

只要入學這間學校，遲早都會發現A班是最高等的。

現在不知道這件事實，事情也會就馬上傳開吧。

「比起這個，我們還是抓緊腳步吧。這個時間的話，D班學生應該還留在學校。」

堀北前往一年級生的教室——為了刺探一年D班的狀況。

現在周圍的目光都聚焦在交流會，她似乎將此視為機會。

我們前往直到上個月每天都在使用的一年級樓層。

考慮到前往體育館的學生們，似乎沒有什麼學生留下來。

雖然從A班到C班，我們都沒有要上前搭話，而是看看狀況，可是看見我們的低年級生都尷尬地撇開臉。突然在一年級的區域露臉，不可能輕易地受到歡迎。

不在意的學生是少數，大部分學生應該都很討厭不自在的空間。

可想明天之後這點也會一樣。為了盡早找到搭檔，應該也有學生不論是早上中午都會找一年級生搭話，但這是可能有反效果的危險賭注。

不過，我們觀察到的一年級教室裡，還是有學生沉浸於談笑。

是覺得不需要對這場特別考試感到慌張的學生嗎？或是還沒有把特別考試視為大事的學生呢？

「留下來的學生，果然很多人都從容不迫呢。」

「真好，明明我們這邊急得要死。」

一年級生就算是五百分以下，也只會停掉三個月的個人點數。這當然無疑是巨大的損失，但由於應該有入學典禮後的第一筆匯款，所以他們的危機感可能很薄弱。

「呵呵，你真慢才到啊，鈴音。」

勘查完一年C班後，堀北被這耳熟的聲音搭話。

聲音的前方，是無畏地盯著這邊看的二年C班龍園翔的身影。

眼前是一年D班的教室，他好像是從那裡出來的。

「龍園同學，你也來勘查一年級生嗎？你沒出現在交流會上呢。」

「聚在體育館的都是些蠢蛋吧？根本就不用看。」

龍園跟堀北的戰略一樣，也來尋找沒出席交流會的學生。

從他的語氣來看，目的似乎當然是一年級前幾名的學生。

雖然跟我們的時間差距只有二三十分鐘左右……

如果有這麼多的時間，他可能已經成功挖角了好幾個人。

隔天早上八點才可以確認各個學生的搭檔是否已經決定下來。

「放心吧，我還沒攻下任何人喔。」

在場的兩人應該都不會輕信這句話。

直到程式實際更新，二年C班有無決定搭檔出爐為止。

「妳一臉不相信耶。」

「至少你在這裡說的話，我打算先打個對折。」

「是嗎？妳也變得很提防我了啊。」

「哎呀，我可是從來都不曾不提防你。」

「呵呵呵，說得也是。」

須藤似乎很不高興龍園一副覺得滑稽地和堀北說話，所以瞪了他。

普通人光是這種銳利的視線就會畏懼，但這種攻擊對龍園不管用。

「就保鑣來說，妳還真是挑了個腦筋不好的傢伙啊。」

「你說什麼？」

堀北用手輕輕制止快要發火的須藤。

「哎呀，保鑣還需要腦袋嗎？再說，你也沒資格說別人吧？」

堀北就這樣用手制止須藤，眼神沒從龍園身上移開地做出回應。

「打算嚇唬一年級生嗎？你那種態度會有反效果呢。」

要是看見大搖大擺、威風凜凜走著路的龍園，學弟妹們的確都會畏懼吧。

「我覺得簡單威脅一下，他們就會欣然幫助我呢。」

堀北以牙還牙地回嘴，但龍園反而肯定了這點。

「……你是在開玩笑吧？這種做法還會受到認同？」

「沒什麼好認不認同的。稍微威脅別人又有什麼問題嗎？學校有說強求低分會出局，但在說明規則時，並沒有叫學生不要威脅他人組成搭檔呢。」

「意思就是這根本不用明寫在規則上。要是造成問題，辛苦的人可會是你。」

「既然這樣，妳就先造成問題讓我看看啊。不過，我不會做出露出馬腳的蠢事啦。」

一如往常的強勢發言。

就算他很可能威脅他人，但還是斷言自己在行事上不會露餡。

不論這話是真是假，堀北應該都再次理解到龍園總是行著霸道。

「是嗎，那就隨你高興。不過如果有證據出現，我就會毫不留情地跟校方提出問題。」

這應該是為了成為抑制力而給的忠告，但大概不會影響到龍園。

「所以？妳拉攏到什麼人了嗎？」

堀北覺得不必回答，於是閉著嘴。

「妳做完交流會的偵查，然後掌握到什麼了吧？所以才會急忙過來確認剩下的學生嗎？」

「說不定就跟你一樣呢。」

「呵呵，或許吧。」

面對堀北，龍園彷彿是要把狀況變得有趣而繼續說：

「既然這樣，我就把一件好事告訴擁有相同想法的妳。今年的一年級才剛入學，卻還滿沉著的。總之，意思就是說校方有可能在一定程度上對新生說明了學校的機制。」

如果這是真的，就是很意想不到的情報。之前我們在四月的階段都渾然不知地任意玩耍。雖然此外的A班和B班當然很沉著，但這應該是因為原本的素質差異很大。

龍園這裡講的不只是特殊的班級，而是「整個學年」。

這是因為從一開始就必須跟二年級搭檔所做的措施嗎？

還是說，學校有其他想法呢？

「無法想成只是今年的一年級生們很可靠，而我們特別遲鈍嗎？」

「現階段也已經有部分學生正要統籌班級的跡象。這也太快了吧？」

就算從特別考試公布的當天開始行動，也不可能馬上就整合。

龍園說，若非在更早的階段，也就是入學後就活躍動作的話，就不會變成這樣。

「……把這種事告訴我，你到底打算做什麼卑鄙手段？」

「沒什麼啦，這次的特別考試也不能採取置對手於死地的手段。不過，為了在總分上獲勝，我大概必須先做各種安排呢。」

這次的特別考試，要讓別班的學生退學並不容易。搭檔是誰的匿名性較強。只要沒有到處宣揚和蒐集情報，就很難在程式上看清別人跟誰組隊。就算學力低的學生可以配到對手的班級，並且可以指定人選，也幾乎不可能讓對方放水。要是考到不符自己學力的低分就會被當作刻意，就算是一年級生也會被退學。到頭來，左右勝負的就只有一年級生，與自己班上學生的實力。可以藉由作戰做的，就是把高學力的一年級生盡量拉到自己的班級。C班普遍被認為綜合能力很低，要拿下第一名不是容易的事。

他們跟A班在資金力量上競爭也沒勝算，班級的基礎學力也不同。再怎麼投入資金拉攏一年級生，等著他們的也是嚴苛的成果。既然這樣，就應該乾脆地放棄綜合第一名，並且瞄準前百分之三十會給的報酬。

堀北當然不會提到這點。因為如果A班C班不在綜合能力上競爭，對我們來說也很傷腦筋。與其讓A班輕鬆得第一，我們反而會想期待他們進行大規模的挖角戰，盡量消耗。

「妳就盡量努力跟上吧。」

「這句話，我也能對你說呢。你完全是多管閒事。」

「呵呵，那還真是不好意思啊。」

後來，龍園立刻離開了一年級的樓層。

如果他是要完成該做的事，這時間實在是太短了。

「說不定一年級對我們的抗拒感比想像中更加強烈。」

要是理解這是所必須拚死戰鬥的學校，變成這樣也是很自然的發展。

「既然這樣，不是就應該盡快交涉嗎？」

「是啊……當然該這麼做。可是……」

堀北的視線，指向走廊的前方。

那裡可以看見一年D班的教室。

「我們快點過去吧。」

「應該不會這麼簡單。」

堀北似乎也在討論中察覺了。

在龍園從一年D班裡現身，直到離開為止的期間。

這段期間，我們沒看見任何人從教室出來。

就算靠近，也沒聽見半點聲響。

我們不久後抵達一年D班，並且打開了門，然後就確定了。

「這、這是怎樣啊！」

著急的須藤四處張望教室裡。

「可能會比想像中辛苦呢——要跟一年D班談判。」

教室裡人去樓空，沒看見任何人。

四十名學生也沒在交流會上露臉，就像是忽然消失了蹤影。

「這或許是比想像中還要棘手的班級呢。」

可是，我們也無法一直悠哉地對此憂慮。

因為在別班開始正式行動前，我們也必須採取手段。
勝負將從明天開始。而堀北的戰鬥，則會從接觸一年D班開始。
我回去之後，也在OAA上先把所有一年級生的長相和名字都記下來好了。
堀北有堀北的戰鬥，我有我的戰鬥。

然後在特別考試開始的這天，總共有二十二組搭檔決定了下來。

2

隔天午休尾聲，情勢突然迎接重大的進展。
事情發生在吃完飯，各個學生在教室裡慢慢等待下午課程時。
「喂、喂，有幾個一年級生過來這裡了耶！」
這麼喊著的是同學裡的宮本。
特別考試有一年級跟二年級的合作才會成立。
我認為這不值得驚訝，不過看來似乎並非如此。

「因為要到高年級生的樓層，需要相當大的勇氣呢。」

對於我一臉不可思議，教室裡的洋介這麼告訴我。

「就像我們如果要去三年級生的樓層，就會有一定的顧慮一樣呢。」

「的確……」

如果有很多親近的學長姊就另當別論，但一年級生們不是這樣。

應該有不少學生會有深入敵營的心情。

在這種情況下有好幾人過來，或許就已經是值得驚訝的事件。

洋介說要看看狀況，所以我也跟著他過去了。

堀北跟須藤也立刻追來。

最先映入眼簾的，是一名魁梧的男人。

顯眼的理由有好幾個。他的身高應該跟須藤差不多。

但更勝於此，是他威風凜凜走在二年級生樓層正中央，模樣讓人印象非常深刻。

還出現二年級生路過，反而閃到一旁的這種相反的現象。他的稍後方跟著一名女學生。

堀北察覺這行動不是單純尋求搭檔，便阻擋似的站到男學生面前。須藤也跟了過去。

與兩名一年級生會面時，不知為何一年級生最初對上眼神的對象，是在遠處看著的我。

然後不久後就撇開視線，移往堀北的方向。

我從記憶裡拉出昨天在ＯＡＡ上記下的資訊。

看來堀北在意想不到的時機跟那個班級接觸了。

「這傢伙的名字是？」

「請稍等……出來了。」

少女操作了一下手機，不久就讓他看了畫面。

「二年Ｄ班，堀北鈴音。學力Ａ－嗎？」

少女那方和男人不同，是用很禮貌的語氣說話，因此組合讓人覺得很突兀。

然後，他也看向了站在堀北一旁的須藤。

接著少女同樣再次把手機畫面拿給男人看。

「須藤健……哈。」

看見須藤的資訊，男人就瞧不起地冷笑一聲。

「我是一年Ｄ班，名叫七瀨。這位也同樣是Ｄ班——」

「我叫寶泉。」

他們都自報了姓氏。如果要補充的話，大塊頭的男人叫寶泉和臣，女生則叫做七瀨翼。

兩人都如他們自報姓名那樣，是貨真價實的一年Ｄ班學生。

是昨天沒成功見到面的目標——Ｄ班學生。雖然應該驚訝他們突然現身，但這對堀北而言既

是幸運，同時也很倒楣。因為在也有別班的目光之下，她不能露骨地跟一年D班進行談判。

「就新生來說，你們真是做出了相當果斷的行為呢。我很欣賞這種膽量。」

「啊——？什麼叫做欣賞膽量？真自以為是啊，喂。」

「才不是什麼自以為是吧？少一副人小鬼大的態度，一年級的小鬼頭。」

面對跟堀北頂嘴的寶泉，須藤插嘴似的介入。

他跟須藤幾乎一樣高，但因為體格壯了一輪，所以須藤看起來就瘦小了一些。

「學力E＋，就跟外表一樣像是個笨蛋呢。」

「你說什麼！」

「哎呀，這樣正好。反正我們這邊大概也只有D班的人會多出來吧。剛剛好。」

「這是什麼意思呢？」

「你們D班是吊車尾的集團。沒有我們D班指名你們的話，你們根本無法組成像樣的隊伍吧？所以我就來幫一幫愚蠢又無能的你們。接下來，你們應該懂吧？」

寶泉像是在試探我們一樣。

「總之，就是你們想和我們搭檔嗎？真是高高在上的請求呢。」

「啊？你們那邊才是要求人搭檔的立場吧？我可是特地過來的呢。」

寶泉表示這是似是而非，向堀北頂了嘴。

「喂，快低頭請我趕快跟你們搭檔啊。」

堀北控制越來越焦躁的須藤，不把體格差異當作一回事地加強語氣：

「你好像誤會了什麼呢，我們兩邊的立場是對等的。」

「對等？妳要開玩笑，就去跟那邊的笨蛋說吧。」

「你也一樣是D班，跟我們沒什麼不同。」

「妳真的不懂耶。我們要是有那個意思，手段要多少有多少呢。妳不喜歡麻煩事吧？既然這樣，就給我認清自己是要拜託人的立場。」

寶泉這名學生看來已經發現一年級獨有的特殊武器。

「你說你究竟能使出什麼手段？」

堀北恐怕也很清楚才對，但她還是為了引他說出口而反問。

「妳知道吧？知道我們也有強行降低分數的這招。」

堀北聽見這句話時，就用力緊咬了一下嘴唇。

「啥？你們一年級生是在開玩笑嗎？在考試上放水可是會退學！」

「別這樣。這是你的壞習慣，須藤同學。別動不動就發火。」

「可是……」

我很了解想對這種極為胡鬧的說法生氣的心情。

不過寶泉所言不假。

「如果在考試上放水的話，確實是有退學的規則。不過啊，直到時間耗盡都找不到搭檔而受的懲罰另當別論。會因此煩惱的只有你們二年級，對吧？」

因為時間耗盡而確定的隨機搭檔。

我們會因此被施行從總分扣除百分之五的措施。

有退學可能性的二年級，因為懲罰所受到的損害比較大。

「有、有這種事情？」

須藤一副難以置信，對堀北露出尋求確認的眼神。

對於這個詢問，她只能回答YES。

「你一樣會因此自掘墳墓吧？你打算剛入學就吃虧嗎？」

要是受到懲罰，能考到五百零一分以上的可能性當然就會降低。

「比起你們二年級，我們才不會受什麼重傷。對吧？」

寶泉向站在後面的七瀨做確認。

「是的。聽說是三個月不會匯入個人點數，但那最多也是二十四萬。我認為不會成為致命性的問題。」

「堀北學姊啊，了解狀況了嗎？」

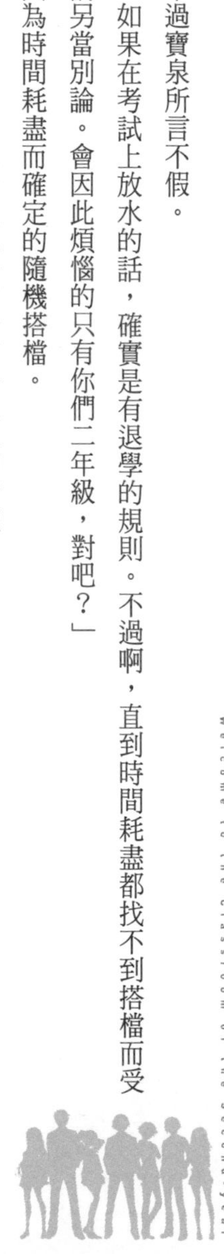

寶泉對待身為學姊的堀北，就像是自己比較了不起一樣。

須藤看著這樣子，實在開始無法忍受了。

他忍著不出手，以加強魄力的形式站在堀北面前。

「要打嗎？」

寶泉面對須藤，沒有一絲迷惘地這麼說。

「不要太得意忘形。」

「別失去冷靜，須藤同學。你應該很了解這間學校吧？」

一年級生就算不知道也是情有可原，但走廊當然在學校的監視之下。

監視器一直都在運作，要是引起問題，影像就會被挖出來。

「我知道啦……」

須藤被反覆提醒，雖然有點焦燥，但還是退了下去。

動不動就激動確實是問題，不過光是能聽進堀北的話，就算是幫了大忙。

當須藤的目光正要看向堀北時，眼前寶泉巨大的手就推了他的胸口。

「唔喔！」

這瞬間，頓時失去平衡的須藤就這樣跌坐在地撐著地板。

「也就只是長得高嘛。我只是輕輕碰了一下喔。」

對於寶泉魯莽至極的行為，觀望這個場面的二年級生也藏不住動搖。
因為剛才的行為被當成暴力行為也不足為奇，而且極為大膽。
假如知道在這間學校施暴的困難與風險，這就是很難做出的事。
今年的一年級生，被認為比往年更加了解學校的狀況。
如果昨天所說的正確，這行為就只能說是思慮欠周。
他其實比想像中還不理解學校的事嗎？
不對，看起來也不是這種感覺。這麼一來……
「你這傢伙——！」
須藤本來快要恢復冷靜，他理解自己被做了什麼，差點就要一口氣爆發出累積的憤怒。
不過，遠遠旁觀的某個男人，比他還快飛奔而至。
「你幹什麼！」
他是二年C班的石崎大地。雖然算是不良少年類型、容易跟人吵架，但也是重情義的男人。
看見同年級的須藤被人無情對待的模樣，他似乎忍無可忍了。
「居然一個接著一個像蟑螂一樣湧出啊。」
面對覺得有意思而笑著的寶泉，自稱七瀨的女生輕輕制止了他。
「寶泉同學，你不是來這裡討論的嗎？如果是為了施暴而來，那我就要回去了。」

「暴力？我只是抱著摸貓的想法碰他呢。真抱歉啊——須藤。」

他毫不在意地對二年級生捨棄了稱謂。

「瞧不起人也該有個限度，喂！」

石崎打算揪起他的衣襟，而伸出手臂。

寶泉在看見伸過來的手臂的瞬間，嘴角微微上揚。

「不想死的話就住手，石崎。」

石崎伸出的手臂在快要抓住寶泉衣襟的前一刻被制止。

是同樣身為觀眾旁觀的龍園。

「為、為什麼要阻止我！」

石崎對於龍園制止他的行動很不知所措。

跟龍園同班的伊吹也對這行為感到吃驚。

「你居然會阻止他。你在打什麼主意？」

龍園基本上很歡迎這種糾紛，絕對不是討厭這種事的類型。

不管有沒有監視器，動手時都會毫不猶豫地進攻。

正因如此，這種阻止打架的舉止實在很教人意外。

龍園讓石崎退下，親自接近寶泉。

「這次換你當我的對手嗎？你好像比那邊叫須藤的笨蛋還要弱耶，喂。」

看見體格絕對不算魁梧的龍園，寶泉這麼評價。

「我很清楚你的事呢。因為說到寶泉，在地方也算是小有名氣的人物。沒想到長相竟然蠢成這樣啊。」

龍園以同樣的話，回敬反覆罵須藤笨蛋的寶泉。這實在很像是龍園的作風。雖然龍園平常是別班的敵人，但在這種糾紛上現身卻讓人覺得可靠。事實上，須藤也因為場面的氣氛改變，而成功忍下那股怒氣。

「他、他是你認識的人嗎，龍園同學？」

「龍園？」

聽見名字的寶泉漸漸變了臉，接著愉快地張大嘴笑了出來。

「喂喂喂，什麼嘛，真是意想不到的緣分耶。關於你的傳言，我可都聽得厭煩了呢，龍園。」

「看來你有足以記住別人名字的智商啊。」

他們兩個好像以前就認識對方。一年D班的寶泉，看來是跟龍園出身相近的人物。

話說回來，看見龍園與石崎和伊吹的關係，他也可說是完全復活了呢。雖然有段時間讓出位子，不過似乎還是開始在二年C班指揮前線了。

「不過傳聞中的龍園居然是這麼瘦弱的體格……真意外耶。」

「你才是跟我想像的一樣，簡直連腦子都只有肌肉呢。」

「我在遠征時有好幾次打算宰了你，沒見到你，應該是因為你怕我，所以躲了起來吧？你都讓小兵工作，自己到處躲人嗎？」

「呵呵，你是因為機緣才得救的呢，寶泉。你要是見到我，現在就無法有這麼囂張的態度了吧。是你運氣好，到現在都還沒嚐過敗北吧？」

「我還以為你一定是夾著尾巴逃走了。如果你說不是這樣，我們也可以現在在這裡分出高下喔。」

寶泉緊握巨大的拳頭，顯得很從容。

如果認識國中時期的龍園，那他對龍園的印象應該就跟我們二年級的沒有那麼大的差距。他不把龍園當作不想為敵的對象嗎？

「免了吧，我不打算在沒有回報的狀態下跟猩猩互毆。」

儘管被找架打，龍園還是拒絕了這項提議。

雖然這種地方當然不可能打架……

石崎他們大概以為龍園至少會表現換地方的話也可以接受的態度。

「那傢伙有這麼不妙嗎？雖然體格比須藤還壯……」

「不知道耶。」

龍園似乎也不打算在這地方回答，他稍微笑了笑，就做出指示。

「回去了。」

「就這樣讓一年級生瞧不起，沒關係嗎？」

伊吹也很清楚，不論對方是誰都會撲上去才像龍園的作風。

她不禁拋出這種話。

「哈。勝負這種東西，隨時都能夠分出來啦。」

面對這樣的伊吹，龍園也只是這麼靜靜地回應。

明明這麼結束就好，寶泉卻邁步而出，和龍園拉近距離。

「這邊的女人也是你的小兵嗎？」

看著這段互動的寶泉這麼詢問龍園。

「嗯，差不多。」

「啥？誰是啊？不要自作主張把我當成你的小兵。」

「你連女人都會拿來當小兵利用啊，龍園？」

「你不也帶著相當可愛的小兵嗎？」

寶泉身邊也以類似的形式跟著名叫七瀨的學生。

「這傢伙才不是小兵，不過，這種事怎樣都好。來玩吧，龍園。」

「我不就說我不幹嗎？」

不管被挑釁幾次，龍園都沒上鉤。

龍園象徵這點似的背對他，表示撤退的意思。

「這樣啊，既然如此──」

寶泉好像覺得不咬上來的龍園很沒意思，突然慢慢伸出手臂。手臂伸向伊吹，伊吹打算輕輕揮掉他的手。

可是──

那隻伊吹打算揮開的手臂，在她就要揮開前猛然伸出，直接抓住了她的脖子。

「唔！」

伊吹的大腦傳來危險信號，急著想要拉開那隻手臂。

但寶泉無畏地笑著，他的手臂像鋼鐵一樣完全不動。

龍園回過頭，看見伊吹被勒住的模樣。

伊吹想巧妙地運用手腳逃離，但寶泉紋風不動。

「哈！試著掙脫吧。或者，在那裡看著的，你們全部一起上也沒關係喔。」

與其說是不知恐懼，不如說是顯露出了絕對的自信。

不過，我們的狀況的確無法輕易出手。要是在這種地方引起騷動，學校當然會來探聽。在這種必然會被制止的狀況下，唯一不受拘束的龍園也很傻眼，但他還是有了動作。與其說是給寶泉一擊，不如說是為了幫助伊吹才採取的動作。他鑽進寶泉的懷裡。可是，寶泉就這樣抓住伊吹的脖子，在動作受到限制的狀況輕鬆避開了龍園的踢擊。

「這傢伙！」

一度被制止的石崎也在此參戰。

已經開始出現難以想像是學校走廊的騷動了。

「很好很好，來到這種學校真是值得了。」

接下來或許會開始發展成真格的鬥毆。

這種情況中，從頭到尾都在觀望的七瀨開口：

「寶泉同學，請你住手。」

寶泉面對龍園和石崎兩個人，做出讓人感受不到他有抓著伊吹這種不利條件的動作，可是同班同學七瀨叫了他之後，他就停止了動作。

「妳說了什麼嗎？」

與其說是把忠告聽進去，倒不如說是對她插嘴感到焦躁。

「學長姊們從剛才就很在意監視器的狀況。看這種狀況，我判斷在這裡大鬧也沒有任何好

處。」

「這種事情我知道啦，我是知道才這樣玩的呢。」

他說從一開始就有發現我們的行動因為監視器而受到限制。

若是這樣，寶泉出現後的一連串行動，果然還是很令人費解。

接下來他無視忠告，想要再次開始打架，於是七瀨更是加重了發言：

「你要是知道的話，就更該住手。如果你打算繼續做出無謂的行為，我也有我的想法。我也會考慮在此讓『那件事』眾所皆知。」

聽見「那件事」這個抽象詞彙，寶泉的動作再次停下。

他露出一臉無趣的表情鬆開手，伊吹則不停咳嗽，一屁股坐在地上。

「很好嘛，七瀨。但如果妳辜負我的期待，就算是女人我也不會手下留情。」

「到時我會接受。」

就算被寶泉恐嚇，七瀨也沒有動搖地勇敢說道。

以一副完全讓人感覺不到這裡是一年級樓層的沉著模樣。

話說回來，這個叫寶泉的男人並非泛泛之輩。二年級生也有不少學生對打架很有自信。男人的話，龍園和須藤、阿爾伯特就是如此。可是，寶泉雖是一年級，但只看他展現出的一小部分就得以明白他相當有實力。就算是我去對峙，他應該也不是我可以輕易制伏的對手。既然一小部分就讓人這麼感覺，如果他使出全力，就無法完全預測事情會變得如何了。龍園想阻止石崎做出魯莽的行為，大概也是因為判斷純粹的互毆很不利。真是來了一個不得了的一年級生呢。

「不幹了。畢竟也達成了目的，回去了，七瀨。」

「嗯，這樣才明智。」

寶泉似乎在打架以外的部分感到心滿意足，最後看了龍園一眼。

「如果你下跪磕頭，要我跟你搭檔也是可以的喔，龍園學長。」

「很不巧，我要搭檔的對象只限人類，我沒打算跟野生的猩猩搭檔。」

「那還真遺憾。」

不過，這個偶發事件不會就此結束。

那是因為除了寶泉和七瀨，還有一個一年級生一直在觀察這個狀況。

寶泉好像對此很生氣，終究把矛頭指向了那個一年級生。

「你就只是這樣偷偷摸摸地在旁邊看嗎？」

「君子不立於危牆之下——你知道這句話嗎？」

一年級男生爽朗地巧妙應付怒瞪自己的寶泉，並且這麼回答。

「你要開心談笑是沒關係，但寶泉同學你在這邊繼續引起騷動不是上策。我認為你應該先撤退。不是嗎？」

隨著這句可以當作建言的話，這個地方終於有大人現身了。

「你在做什麼，寶泉？」

一名穿著西裝的男人像是將打架的學生們分開般地介入。

同時，旁觀的二年級生們多半都逃進了自己的教室。

「寶泉，我知道你很歡欣鼓舞，但我應該已經嚴格地教過學校的規則，甚至到你們聽到耳朵都會痛的程度。」

「這種事我知道啦。」

「知道了就快點解散。你不該在路中央打架。」

「這連打架都算不上。」

寶泉這樣冷冷哼笑，雙手插入口袋，接著轉身離開。

寶泉意外乾脆地罷休，他對七瀨做出撤退的指示。

「那麼，回頭見了，堀北。」

寶泉特地指名堀北……不對，是指名了二年D班。

「抱歉，驚擾到你們。」

最後，七瀨低下頭，成功設法平息了這個場面。

七瀨抬起臉，離開時再度看向我的雙眼。這是她出現在這層樓時，最初跟我四目相交時的眼神。這是想知道些什麼的試探性眼神。

不過對上眼神後，她就立刻撇開視線，去追趕寶泉。

「對你們真是不好意思，我班上的學生添了麻煩。」

老師向在一旁靜觀事態的堀北謝罪。

「不會……」

「我就順便簡單地自我介紹吧。我是負責一年D班的司馬克典。剛到這間學校任教，今後還請多多指教。」

司馬老師這樣簡單自我介紹，就像是追隨寶泉回去了。

表現沉著的男生也交替似的對二年級生低頭致意。

「跟我同年級的寶泉同學好像給學長姊們添了麻煩，我再次代表一年級致歉。」

跟剛才截然不同，他似乎是個可以溝通的學生。

「我們一年級生還不是很了解特別考試。雖會添許多麻煩，還請各位多多指教。」

說完謝罪兼寒暄的這番話，自稱八神的學生也示意自己要回去。

這時，八神忽然發現了什麼。

那是幾個正好從午休時間歸來的D班女生。

松下、櫛田、佐藤、小美這四人。

他看見身為其中一人的櫛田，就露出驚訝的表情。

「好像滿吵雜的呢，發生了什麼事嗎，堀北同學？」

櫛田意識到八神的存在，但還是一臉不可思議地打算請教狀況。

「不是妳們需要在意的事。」

「這樣啊。」

堀北表示沒什麼，櫛田就打算和三人回到教室。

「那個……妳該不會是櫛田學姊？」

「咦？」

櫛田聽見這道聲音而回過頭。知道櫛田的名字，就表示八神或許也是櫛田認識的人。雖然我這麼以為……

「呃——？」

櫛田看見對方仍一臉感到不可思議，沒有互相認識的氣氛。

「是我，妳不知道嗎？雖然不知道也理所當然。我是八神拓也。」

櫛田聽見名字後稍作思考，似乎立刻就理解了。

「八神……啊！咦，你就是那個八神同學啊！」

「對，就是那個八神。好久不見了呢！」

「原來八神同學也念這所學校啊，好巧喔～！」

「我完全沒想到會在這裡再次見到櫛田學姊。」

「認識的人？」

佐藤覺得不可思議地詢問，櫛田點了點頭。

「嗯。話雖如此，也幾乎沒有交集啦。八神拓也同學——給我的印象就是非常聰明。雖然因為我們的年級不同，只有打過招呼而已。」

「妳也認識嗎？」

我輕聲向堀北確認，她立刻回答了我：

「不知道，不認識。」

「是妳的話，似乎連同年級生的長相都沒有好好記下來呢。」

「我不否認。畢竟我之前沒有閒到會看向那些自己不感興趣的人。」

看來她是真的不記得……不對，好像根本不認識。

連同年級生都很難說的狀況下，更不可能記得什麼學弟。

不過，就算櫛田不記得，從男生的角度來看，只要見過一次櫛田就不會忘記。

因為她的外表就是如此吸引人。

「居然可以像這樣跟憧憬的櫛田學姊再次同校，真是幸運耶。」

「沒這種事……」

櫛田很謙虛。不過，如果和八神同一所國中，就會出現一些令人在意的事。

「那個叫做八神的學弟知道之前那件事嗎？」

之前那件事——指的當然就是櫛田的過去。

櫛田在國中時期有讓自己班級瓦解的經驗。

然後，她非常敵視知道這件事實，而且出身於同校的堀北。她覺得被別人知道自己是會破壞班級的人很危險，並希望把堀北排除。

既然出身同所國中，就算八神知道也不足為奇……

「知道也不會不可思議。可是，也不保證他絕對知情。」

既然這樣，對櫛田而言八神就不是可以放心的存在。

就跟同年級會有同校出身的人一樣，即使有低年級生入學也不奇怪。

「雖然很唐突，但如果對象是學姊，就無可挑剔了。能請妳跟我搭檔嗎？」

儘管才剛剛再次相見，八神依然這麼說，並且面露微笑地伸出手。

這是在彰顯他對過去毫不知情，還是在彰顯就算知道也無所謂呢？

「選我這種人沒關係嗎？八神同學的話，跟更會讀書的人搭檔會比較好喲。」

因為八神拓也的學力是A，成績無可挑剔。櫛田謙虛也可以理解。

堀北在隔壁操作手機，也正要在ＯＡＡ上確認這點。

「因為我現在什麼都不懂，既然這樣，我想跟可以信任的人搭檔。」

就算可以在程式上了解一定的學力，也無法連本性都了解。

既然這樣，他的判斷是——確定能留下可靠結果的朋友會比較好。

「呃，能讓我考慮一下嗎……？」

她在防備八神嗎，還是有其他理由呢？

櫛田決定先保留搭檔的申請。

「當然。我暫時不會跟任何人搭檔，我會等待櫛田學姊的回應。」

如果是學力Ａ，也不用急忙開始找搭檔。

八神從容不迫地答應保留。

「可惡，真好耶。是我的話，就毫不猶豫地組隊了……」

就學力Ｅ＋的須藤來看，能選擇保留選項的櫛田很令人羨慕。

「那你就要更加努力呢。」

「好……我一定要考到更好的成績。」

這種羨慕並非毫無骨氣，而是帶有向上心。

我暫時跟堀北他們保持一段距離。

因為看見波瑠加正在稍遠的位置招手。

明人、啟誠、愛里，綾小路組的成員全部到齊了。

「好、好可怕喲。」

會合後的第一句話，就是愛里對寶泉的感想。

「感覺今年的一年級生，也有須藤同學和龍園同學那種不良少年入學耶。」

遠觀騷動的波瑠加有點傻眼地這麼說。

站在隔壁的明人動也不動地凝視寶泉離開後的走廊前方。

「小三，怎麼啦？」

「不得了的傢伙入學了呢。今後這間學校或許會非常不安穩。因為關於那傢伙……寶泉的強大，須藤和龍園根本就不能比。」

「什麼什麼，難道你也認識他嗎？」

「雖然沒有直接見過。在我住的地方，龍園跟寶泉是相當出名的人物。」

看來明人以前住在距離龍園和寶泉念的國中很近的地方。

「我們學校也有首領……總之，就是對打架很有自信、很強的頭目級人物，他某天突然消失，變成一場騷動。後來，我隨即聽說他是被一個小他兩歲、剛升上國中一年級，名叫寶泉的傢伙在單挑上打得七零八落，並且送醫。」

「頭、頭目？原來現實中也有像是不良少年漫畫的事情啊……總覺得有點讓人退避三舍。」

「因為我住的地方，從以前就會有不良少年們聚集而來，是很出名的地區。」

「哦……」

聽不慣的詞彙羅列而出，波瑠加顯得有點不知所措。

「寶泉以這種感覺接連打垮了附近的國中。」

「龍園同學也很有名吧？那兩個人好像是初次見面耶。」

「當時感覺是碰巧沒見過呢。」

「對了，小三也曾經是不良少年嗎？」

「我……那種事我不做了啦，我現在很認真在當學生。」

「也就是說，你曾經是不良少年。」

「……我粗暴亂來也就到國二為止。之後我只專注在弓道。」

「總之，也就是你曾經是不良少年，對吧？」

明人被波瑠加追究奇怪的地方，而困擾地搔搔頭。

「是的話不行嗎？」

「沒有啊～不如說，這不是個有點帥氣的過去嗎？」

「一點也不帥啦。」

也就是說，明人之所以熟悉打架，是因為自己曾經屬於那邊的人。確實從以前開始，就能窺見到他很有勇氣，或一些小動作很敏捷等部分。

「既然這樣，那你要不要以前不良少年身分打倒寶泉？」

「別開玩笑了。就算要打架，我也會挑對手。尤其是寶泉，就免了吧。」

明人戰鬥前就舉白旗。這種言行是比起承認自己的弱小，更認同寶泉強大。

伊吹也還算有格鬥的直覺，卻束手無策呢。

壓倒性的體格差距。而且如果對方連速度都具備的話，她根本就敵不過。

3

放學後，我跟昨天一樣被堀北搭了話。

我們兩個打算離開教室時，須藤強烈要求同行。雖然堀北跟上次一樣打算拒絕，但還是敗給了須藤在找到自己的搭檔前都想幫忙的熱情。他在不會對社團活動以及念書帶來負面影響的條件下開始行動。不知該說這就堀北而言算是溫柔，或該說是什麼才好，她會同意還真教人意外。

不過，應該有正當理由。

距離特別考試還有十天左右。考慮到高難度的筆試，最好要盡量確保能專心念書的時間與環境。可是如果他一直在意堀北的動向，也會缺乏專注力。可以看出堀北想要盡早找到須藤的搭檔，製造出能讓他專心讀書的時間。

雖然堀北有確實地理解須藤健這個人，可是也有唯一一件沒有理解的重要事情，那就是須藤對堀北的心意。她沒發現須藤只是想找理由跟在她身邊這真正的想法。

當然，我不會特地告訴她。因為這也是須藤的重要動力。

堀北沒有去一年級生的教室，而是決定前往櫸樹購物中心。

是今天白天一年級生過來二年級生的樓層，結果演變成糾紛的關係嗎？

這是由於未必不會變成同樣的發展，而有所顧慮。

或者是一年D班的寶泉是問題兒童這點，讓堀北改變了想法嗎？

馬上就會知道了吧。

「話說回來，還真吵耶。應該是一年級吧，在那邊吵鬧的。」

一進到購物中心裡，須藤就煩躁地把左手小拇指戳入耳裡。

這是看見呈現在眼前的一年級生所做出的率直感想。

「確實有很多忘乎所以的學生。」

到處都是開心聊天，討論要買什麼、吃什麼的人。

「我們明明這麼認真在找搭檔耶。」

為了決定搭檔而要花上好幾天——這不只對二年級生，對一年級生來說也一樣沒有好事。然而一年級和二年級的確有懸殊的差異。

就是對特別考試的認知差異。

出了學校後，這點又更加顯著了。

就跟昨天放學後的一年級生們一樣，很少學生抱持危機感。

「這也理所當然。我們一年級時也是一樣的情況。」

「是啊……」

學生們拿著入學後就被匯入的鉅款，連日大玩特玩。

先不論使用方式，但一樣有盡情享受這間無微不至的學校。

即使是A班，狀況也沒有太大的不同。

最棘手的是，一年級和二年級受到的懲罰有差異。

會退學就另當別論，可是一年級生會失去的只有三個月的個人點數。

「還真悠閒耶，真是的。」

「你沒資格說這種話，須藤同學。你忘了一年前的自己嗎？」

「我、我沒有忘記……我有好好反省了啦。」

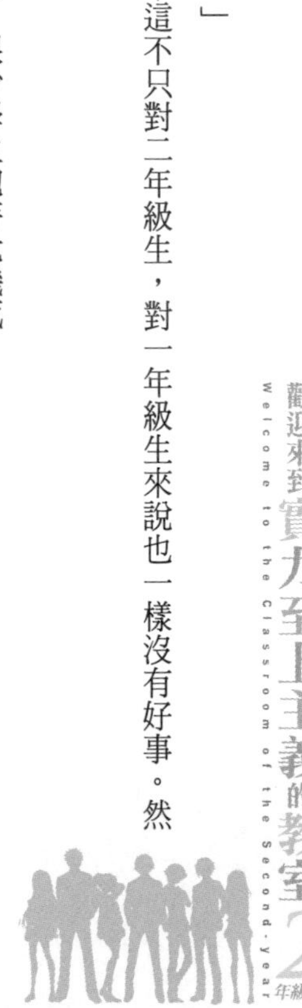

因為他之前很快就差點被確定為第一個要退學的學生。

當時能使用的救濟措施，現在當然已經不能利用了。

因為身為初學者的特權早就用光了。

「總之，先試著找一組人搭話吧。」

堀北看見坐在長椅上談笑的三名一年級男生就這麼說。

他們的名字是加賀、三神、白鳥。三個都是一年D班，學力B－以上，都是無可挑剔的學生。

為求謹慎，堀北在攀談之前先在程式上做了對照。

果然還是一樣要把一年D班學生當作目標嗎？

「能打擾一下嗎？」

「……有什麼事嗎？」

看到我們，應該馬上就會知道是被高年級生搭話。

他們開心的表情沉靜下來，突然變得很警戒。

「我們正在尋找可以在這次特別考試上組隊的搭檔。你們還沒找到吧？」

「咦，啊，是的，我們還沒跟任何人組隊。」

「可以的話，能以組隊為前提聊一聊嗎？」

「當然好。對吧？」

聽見我們的提議，他們三個就像是事先商量好地點頭同意。反應意外的很不錯，有種他們稍微卸下戒心的感覺。

對於他們三人的善意態度，須藤露出覺得「真的假的」這種驚訝的表情。

「不過，非常不好意思，現在我們最優先找的是——」

「為了讓學力低的人不要退學，妳在尋找救助用的搭檔吧？」

一年級們之間這方面的事似乎也已經傳開了。

「對。如果你們知道的話，就好談了呢。」

「呃……跟那邊的……須藤學長搭檔就可以了，對吧？」

對方也在手機上確認我們的個人資訊，所以對這件事沒有猶豫。

「是啊，他也是其中之一。雖然除了他還有好幾個人。」

「啊——原來是這樣。須藤學長的學力是E＋啊……這還真棘手呢。」

雖然說法很溫和，但顯然是在指出他學力有多低。

雖說是事實，須藤也很不服氣，可是他還是勉強沒在臉上表現出來，真是了不起。

「如果是白鳥的話，應該可以很從容吧？」

兩人把話題拋給坐在最右側、名為白鳥的一年級生。

「我的學力算是得到了A的判定。」

「好像是呢，如果你願意組隊，對我來說就無可挑剔了。」

「那麼——這樣如何？」

白鳥張開手比出「布」的手勢，向堀北提議。

堀北有一瞬間不知道他在表示什麼，而往我們的方向看來。

「討厭啦，你應該希望跟我搭檔吧？那這還用說嗎？」

堀北聽見這句話，也理解了意思。

「……你是指個人點數嗎？」

「當然啊。我的話，要是跟聰明人搭檔，也能以前幾名為目標。因為要放棄前幾名可以得到的報酬，並且和學力低的人搭檔，當然就會變成這種發展吧？」

「什麼啊，要拿點數喔。而且還要五萬……太貴了吧。」

對於過著總是缺錢生活的須藤來說，對方提出的點數很超乎常規。

「學長，請你別開玩笑啦。我怎麼可能五萬就接受呢？」

「啊？」

「是五十萬喔。如果你能給我五十萬，我可以當場跟你搭檔。」

「五、五十萬！」

「班上有人退學會很辛苦吧？我們也學到了各種事。」

看來他們跟去年的我們，從入學的時間點就大有不同。

他們很早就開始理解這間學校的機制，進而了解自己的價值。

這樣的話，都不知道哪邊是學長姊，哪邊是學弟妹了。

這似乎也是可以如此理解的狀況呢。

「既然要你跟學力低的人搭檔，那麼產生謝禮般的東西也很自然呢。」

「喂、喂，鈴音。我可沒有什麼五十萬耶。」

「我知道，你安靜一下。」

聽見他粗心地洩漏財政狀況，三名一年級都苦笑了出來。

「想要點數是很自然的呢，可是，我不太能認同只追求眼前慾望的想法呢。」

「怎麼說呢？」

白鳥作為三人的代表反問堀北。

「意思就是說，如果先在這邊賣我們人情，今後在類似狀況下說不定會有幫助。」

堀北說服他們，在個人點數以外有借出，就會對之後有利。

「先不說學力A的堀北學姊，我不覺得那邊的須藤學長和綾小路學長能幫上忙耶。」

「不一定呢。這間學校不是只有讀書，也有需要身體能力的時候。」

尤其是須藤，他是二年級生裡唯一身體能力審查是A＋的。

雖然堀北的目的是想把這點當作武器……

「我知道喔，但你們終究是D班吧？同樣都要賣人情的話，我就會賣給A班或B班。」

冷靜並客觀判斷的白鳥這麼回答。

看見這個樣子，堀北應該也明白了。

「……是嗎？原來是這樣啊。」

如果考慮到他們無罣礙地接受了我們談談的邀約，以及提出的點數額，這件事根本不需要深入思考。

「這、這什麼意思啊？」

「在學長姊你們之前，就有其他二年級的班級過來打聽消息了。」

「我們沒打算便宜賣掉自己的學力，對吧？」

「對。請想成我們沒拿到相應的點數，就無法搭檔。」

面對這樣的白鳥等人，堀北沒有軟下態度地繼續說：

「這樣的確就無法把自己低價賣出了呢。不過，你們真的有被人搭過話嗎？」

「這是什麼意思呢？」

白鳥一臉有點不服氣。學力A的自尊似乎多少受到了傷害。

「你們跟我們一樣都是D班，我無法想像前段班會輕易搭話呢。」

堀北在虛張聲勢。只要學力高的話，就算是D班也好，在這次的考試上都很好用。

這句話是為了確認他們被誰，以及多少人搭過話。

白鳥的自尊好像受到刺激，語氣有點粗魯地反駁堀北。

「這是真的。二年A班的橋本學長就有來約我。而且，二年C班也有來試探，說要用相當大筆的點數組隊。對吧？」

「沒錯沒錯。」兩人表示同意。

「不只是我們，那些聰明的人幾乎都被搭過話了。」

就像堀北預測的一樣，開始收買的就是二年A班和二年C班。

「是嗎……這樣的話，憑現在的我們無法回應期待呢。」

「啊，但是只要給我點數，我就不會拒絕喔。我大概一週的期間都打算先觀望狀況。這段期間你們願意給我五十萬點，就算是須藤學長，我也很樂意搭檔。」

可以確實阻止退學的點數額，就是五十萬個人點數。

數目當然高，但換個角度看，也會變成能以這個點數額買到安全。

不過她沒辦法在此立刻決定，而且大概也不打算這麼做。

「對了……你們被橋本同學他們用多少點數拜託幫忙呢？」

她想知道具體的點數額而要求回答，但白鳥他們也沒那麼天真。

「這點已經約好不能說。不過，我只會說如果是五十萬點，我就會協助學長姊你們。」

「了解了。有關這點，我會考慮看看。然後，我有個請求，你能聽一聽嗎？能不能請你介紹幾名同樣是D班的學生呢？」

「介紹？」

「我們也有準備要在一定程度上合作。但逐一找人搭話，從頭開始一樣的說明會很花時間與勞力。可以的話，我希望你們把人聚集起來，進行具體的討論。」

她隱隱透露合作關係，但不提要合作什麼。

他們三個面面相覷，露出有點尷尬的表情。

「這……被交付這種職責，有點困難耶……對吧？」

「嗯，如果擅自做出這種事，應該會惹寶泉同學生氣，對吧？」

三人的對話裡出現了「寶泉」這個名字。

從對話和態度可以觀察到，他們很害怕名叫寶泉的學生。

「不好意思，學姊，這種事可以請妳指名其他人嗎……」

握著一年D班關鍵的，果然就是那個男人。

堀北發現氣氛明顯變了，決定不深究。

「謝謝。有需要的話，我會再來找你。」

「好、好的，我會等妳。」

我們離開長椅，開始移動到二樓的咖啡廳。我偷偷回頭看狀況，發現白鳥似乎拿著手機急忙打去某個地方。

「雖然得到了資訊，卻很難說是有所進展呢。唯一確定的只有如果是五十萬點這個天文數字，他就願意立刻決定協助我們。」

「真是提出了胡鬧的要求耶，居然趁機抬價。」

「這確實是很胡鬧的價格。可是，沒必要便宜賣出自己，的確也是事實。」

如果獲得學力A的評價，又更是如此了。

作為賺錢方式，比起在考試上考前幾名以十萬點為目標，這更是正確多了。

「那麼，到頭來我只有付個人點數給別人的得救方式嗎？」

「現在變得無法輕易說會有學生願意無償接受了呢。」

靠點數成立的氣氛已經蔓延開來。已經不只是白鳥他們，最好想成全體一年級生都知道了個人點數的交易。這應該可以視為坂柳和龍園等人的戰略之一。通常點數交易是會讓人心虛的行為，偷偷交易才是常規。不過，透過大規模的收買行為，就會讓人理解到無償奉獻才會吃虧。

話說回來，剛才白鳥他們的對話裡有件令人在意的事。

即使在應該已經有人試探的情況下，白鳥還說會等一個星期。就算是為了抬高點數的期間，他們三個一開始在這方向就是一致的這點令人在意。應該還是會有學生想盡快找到搭檔，先放下心。

是那三人碰巧很強勢而已嗎？還是說……

「就這樣莽撞地到處問，也會被回以相同的答覆吧？」

直到看上一年D班為止都很好，可是後續才是問題。

自作主張會惹寶泉生氣——這句話也讓人在意。

看那語氣，掌管整個一年D班的無疑就是寶泉和臣。

「寶泉恐怕有指示同學，說要跟誰搭檔都是自由的。但可以立刻下決定的點數僅限五十萬點以上。除此之外，即使對象是A班也要保留選擇。」

「可是，要是做出這種事，不是只有一年D班會滯銷嗎？」

「也就是說，他有把最後會滯銷考慮進去。」

「啥？我搞不懂。」

「害怕因為沒決定搭檔而被處罰的是二年級生。他認為把那項懲罰當作武器，就可以在最後搶奪個人點數。」

如果一年D班以外的資優生都賣光，最後我們即使不願意，也不得不存下鉅款請求幫助。即使是一百萬、兩百萬也一樣。

「這是完全不考慮未來的魯莽戰略呢。」

「跟我重新說明一次該怎麼戰鬥的具體方針吧。」

我們已經開始看得出D班的方針、戰略。以此前提，堀北會怎麼思考呢？

二年A班和C班展開了非常激烈的收買賽，她要採取在這邊擠進去的形式嗎？還是要執行像一之瀨那樣，不過問班級並大量接納後段學生來構築信任關係，並向資優生們呼籲協助的方針呢？

「這次我在知道這場特別考試的概要時，就決定要提出三個目標。」

「三個目標？」

須藤好像也對此很感興趣，而探出了身體。

「最重要的是班上不要出現退學者，這件事根本就不用說呢。」

「嗯。」須藤點頭同意。

「接著就是在班級別的比賽上，以總分第三名以上為目標。」

「第三名？意思是一開始就要放棄第一名、第二名嗎？」

「沒人說要放棄吧？我只說是第三名以上。」

她話裡的意思確實也包含第一名和第二名，但好像並非如此。

這恐怕也攸關第三項目標。

「第三項就是不參與金錢遊戲。我打算以這三個原則戰鬥。」

「咦……可、可是……」

「我知道你想說的。不以個人點數來競賽，我們大概就不會贏。可是，就算運用我們二年D班擁有的點數戰鬥，風險與回報也不會平衡。即使總分第一名，可以拿到的班級點數也是五十點。以一年期間換算，班上可以得到的個人點數也只有兩百萬出頭。」

每個人每月五千點，乘上三十九人，減去已經過了的四月匯款，再乘上剩下的十一個月，就是兩百一十四萬五千點的個人點數。

「假如要用五十萬拉攏一個人，在拉攏超過五人的時間點就會產生赤字。這應該不是抓到大約四個學力A的一年級生，就可以獲勝的天真戰鬥吧？」

今後的兩年，換句話說，就算預想到畢業為止，也就是四百四十八萬五千點的個人點數。能拉攏的人數，最多就是十一個人。而且，這是可以用五十萬以下確實拉攏，並在年級別的綜合排名上拿下第一名的前提下才會成立。如果看風險的話，等到以後舉行的特別考試上再釋出個人點數，效率可能才會比較好。

「個人點數跟班級點數並不相等。我也很清楚會有其他回報。可是，如果在這裡投入所有點數，勝算依然很低的話，我認為就不應該勉強。我有錯嗎，綾小路同學？」

「沒有，妳的判斷很正確。」

二年D班原有的學力總值，跟二年A班總值的差距很顯著。想在總分上獲勝，我們即使拉攏十一個人，也很難讓人覺得情勢會變得有利。堀北當然也會臨機應變。如果有學生用五萬、十萬就會確實幫忙，也可以考慮交出個人點數。至少不要做出拿鈔票跟人互毆的舉動。

「我認為要達成三項目標，還是應該把跟一年D班談判當作目標。」

「為、為什麼啊？在寶泉的指示下，如果低於五十萬的話，他們可是連組隊都不願意組。」

「僅限資優生呢。不過，一年D班也有很多學力C左右的學生，以及在此以下的學生。你覺得就這麼放著不管會變得怎麼樣？」

「變得怎麼樣……」

「原本可以得救的學生，他們的立場也會因為懲罰而令人不安。」

我回答之後，堀北就點頭同意，並繼續說：

「他們不可能特地放棄每個月都能拿到的個人點數。總之，就是寶泉同學在某處勢必得軟下現在的態度。」

就算資優生得以全部用五十萬賣出，其他人也無法。二年級有沒有人退學是另一回事，但寶泉就會在一年級生的戰鬥上落於人後。

「如果他有把勝利納入考量，就一定會有可乘之機。」

堀北似乎打算面對人人都想避開的一年D班。

「話雖如此，打算把三十九個人全部加到寶泉同學的班級也是很危險的行為。必須先盡力分散風險呢。」

談不攏時，學力低的學生就會嚐到苦頭。

「如果是考試剛開始的現在，就算有人願意以超乎常規的條件組隊也不奇怪。」

「希望如此……依我看來，存不存在都非常可疑耶。」

「總之，要找到優秀的搭檔，就只能去跟很多人搭話了。」

「喂～如果妳在尋找優秀的搭檔，就在這裡喲～」

在我們上樓梯打算前往二樓咖啡廳時，聽見身後傳來這道聲音。我回過頭，發現一樓有個女學生滿面笑容地看著我們。和我們對上眼神後，就慢慢爬上樓梯。

堀北最先露出了不解的表情。

「妳在偷聽嗎？」

「討厭啦，學姊。我只是偶然聽見才來搭話的呢。呃——」

她完全沒看我們，而是定睛在前來搭話的堀北身上。

「學姊，妳的名字和學力是？」

「……我是二年D班的堀北。學力評價獲得A－的判定。怎麼了嗎？」

「哦——妳腦筋很好啊。」

「妳的名字是？」

「我是一年A班的天澤一夏，跟堀北學姊一樣，學力的判定是A呢。」

是個與辣妹般外表不相符的聰明學生。

堀北為求謹慎，而在手機程式上確認。

「如果妳打算以前段為目標，我就跟妳組隊吧？」

天澤完全沒打算問我們的背景，就說出這種話。

如果學力判定為A－和A的兩個組成雙人組，要拿下第一名也絕非不可能。關於堀北，也因為她過去曾經為了須藤特地降低分數，如果考慮這點，說她實質上是A的判定也不誇張。

雖是讓人意想不到的形式，但就算堀北在須藤等人之前決定好搭檔也無妨。

雖然說是偶然，但畢竟學力A的學生前來伸出了援手。

要是在這邊提出希望她跟學力低的學生組隊，就可能會被她退避三舍。

「這個提議很令人感激，不過我現在找的不是自己的搭檔。不是我，而是他……妳能不能跟須藤同學搭檔呢？」

堀北用背負這種風險的形式介紹了須藤。

須藤有點不知所措，但還是簡單地點頭致意。

「呃——那位須藤學長的學力是？」

「E＋。絕對算不上是很好的成績呢。」

何止是絕對，在整個學年裡還爭奪著最後一名。

這點天澤也已經透過OAA了解到才對。

「原來如此——換句話說，就是堀北學姊為了阻止退學在幫忙尋找搭檔。」

天澤掌握到狀況，於是看著須藤。

「學力E＋嗎——搭檔的話，別說是以前幾名為目標，結果或許還會變成中間偏下呢。」

「是啊，對妳來說幾乎沒有好處。」

本以為天澤會在這地方提出點數的話題，但看來沒有那種跡象。

「哎呀，如果拜託我，我也不是不能幫忙啦。」

反應明顯比剛才那三人還好。

他也看向我這邊。

「那邊的學長呢？一樣在尋找搭檔嗎？」

「他是學力C，就優先度來說並不急。須藤同學不行的話，就算最壞的情況是要跟他組隊，

就我這邊來說也很令人感激。」

「不，這——」

這是堀北的溫柔，但我必須主動對這個主意喊停。

因為現在的我不能毫無想法就決定搭檔。

「你有什麼不滿嗎？」

「也不是這樣啦——」

「啊——慢著慢著。我還沒說要跟任何一邊組隊喲。」

看見我們擅自說下去，天澤阻止了我們。

「要請妳跟這兩人任一方組隊的話，需要什麼條件嗎？」

「條件、條件啊——說得也是呢——我也有權利提出這點要求。」

堀北在此主動開口，打算引天澤開出條件。

避免以個人點數跟別班競爭的基本方針應該不會改變，但假如價碼便宜，就有考慮的空間。

接下來，就要祈禱她會跟剛才的白鳥他們不一樣，不會是高額的點數……

「我啊，喜歡強者喲。」

天澤說出感覺跟這場特別考試毫不相關的話，像個小惡魔般笑著。

「妳到底在說什麼啊？」

堀北以為會從課業話題轉為點數話題，不解地皺眉。

「我啊，很煩惱自己在這場考試上該怎麼做呢。是要拚命讀書，跟堀北學姊這種學力A附近的人搭檔，並且以前幾名為目標呢……還是要在某種程度上輕鬆通過考試。然後，如果要輕鬆過關，反正都要組隊的話，就會想跟中意的對象組隊不是嗎？」

與其跟討厭的對象或者組不組隊都沒差的人搭檔，確實是這樣。

「我喜歡強大的男人喲。」

她在此再度重複剛才說出的話。

堀北拚命想要理解，而動著腦筋。

「換句話說——妳是在問須藤同學強不強嗎？」

「答對了。不是指精神層面強大，而是要看肉體上強不強喔。不過，看見他的體格，就會充分傳達出他有在運動的感覺啦。」

天澤指著跟學力判定A的學生大概無緣的須藤。

對肉體有自信的須藤有點害羞地點頭，強調了自己的體格。

「你想跟我搭檔嗎？」

天澤伸手觸碰須藤的臉頰。

「如、如果是學力A，對我來說當然是最棒的狀態啦……但這樣好嗎？」

「如果你真的很強的話呢。」

她接著將纖細的手指滑過須藤的胸口，用妖媚的氛圍魅惑須藤。

「我、我可是很強的喔。」

「我不討厭自信滿滿的人呢。」

「妳說的如果很強，是什麼意思呢？」

負責看照須藤的堀北，對於天澤這句讓人搞不太懂的話拋出疑問。

「就如字面上的意思，我喜歡互毆厲害的人呢，所以組隊的對象最好是個強大的人。」

「既然這樣，我想他能回應妳的期待。我可以替須藤的腕力掛上保證。」

「只是嘴上說說，我沒辦法認同耶，我還是必須親眼確認。」

「……親眼確認？」

「我是指招募二年級裡的強者互毆啊，然後我就會跟最強的人搭檔喲。」

「妳在開玩笑嗎？不可能做這種事吧。」

「為什麼？我打從一開始就很認真耶。」

「走吧，鈴音。待在這裡也是浪費時間。」

事到如今，須藤似乎不認為天澤是認真的，於是這麼開口。

就像是在規勸有一瞬間差點被天澤的女人味迷惑的自己。

「這件事情，要我當作沒聽見也是可以。」

讓她來說的話，這就只是獎勵遊戲。

通常確實不會樂於特地跟E－學力組隊。

若是天澤的話，班級與實力都無可挑剔，所以買家應該多得是。

這也是某種稱得上幸運的狀況。如果接受這件事，須藤就能獲得跟學力A的學生搭檔的權利。就算無法組隊，也不會有懲罰。

「妳並不是半出於好玩才說出口，而是認真的，對嗎？」

堀北聽見她的發言，眼神非常認真。

「當然啊。」

「是嗎？既然這樣，我們也要認真聽進去了呢。」

「喂、喂，鈴音？」

「好啊好啊——因為我很想跟強者搭檔。」

「是嗎？那麼，須藤同學，你就應該接受這個提議。」

「等、等一下，鈴音。這間學校不可能允許打架吧？畢竟也發生過去年的事情，而且今天白天寶泉那傢伙就只是鬧了一下，不就相當不妙了嗎？」

去年，須藤跟龍園他們班引起打架騷動，演變成很大的問題。

今天也因為寶泉過來而變成一場騷動。

「確實不該讚揚打架。可是，如果雙方合意就不會有問題了。你不這麼覺得嗎，綾小路同學？」

我瞬間思考了堀北是抱著何種意圖詢問我。

要說沒有問題，答案當然是ＮＯ。

不論輸贏，就算雙方認定不聲明異議後才打架，學校都不可能認同相當於決鬥罪的情況。

可是，堀北刻意以容許鬥毆決鬥的形式回答。

「這個嘛，學校相關人士聽見打架之類的話題，根本就不可能接受，不過若是學生都接受之後才打架，就不會變成更大的問題。」

我故意答得像是沒有問題。

「喂、喂，綾小路！」

「不管二年級還有什麼人出馬，任何人在打架的本事上都贏不過須藤同學。」

「是啊。」

須藤似乎無法理解，但我跟堀北還是互相丟球，讓對話成立。

這邊重要的不是肯定鬥毆。

而是自信地彰顯出就算不實際戰鬥，須藤也最強。

「老實說這是千載難逢的機會喔，須藤同學。畢竟一般來想，要讓學力Ａ的學生跟你組隊極

為困難。可是，天澤同學卻說當你的搭檔也沒問題喔。而且，你要較勁的可是比任何人都擅長的打架力量。你應該毫不猶豫地接受。」

熟知這間學校規則的二年級生，不可能接受魯莽的打架決鬥。

而且對手若是須藤，結果就會極為明顯。

換句話說，就算在此答應，實際上也不會發展成要打架，萬一有人要挑戰也可以予以回擊。

「好啊好啊，總覺得興奮起來了呢。」

對於剛入學的天澤來說，她當然不會知道這點。

她根本不可能知道這裡跟普通的國高中不一樣。

「不過，我可以先跟妳約定一件事嗎？如果除了須藤同學就沒出現其他參賽者時，妳就要跟須藤同學搭檔。」

堀北在這邊要求了重要的約定。

因為如果天澤不接受這點，就不會再有進展了。

「也是呢，這點我答應妳。沒出現挑戰者，就當作不戰而勝了。」

堀北得到承諾，因而心滿意足地點頭。

「可以嗎，須藤同學？」

「——好，既然鈴音都說沒問題，我就完全ＯＫ。」

他將緊握的左右拳頭，強而有力地雙拳互碰。

對堀北來說，天澤的提議既是偶然的產物，同時也非常有價值。

「那麼，我就要在程式的全體聊天室招募對手嘍。寫上對臂力有自信的人，今天之內直接傳訊息給我，說要報名參加。」

「嘿！不管誰來，我一定都會反擊回去。」

很恰好的是，須藤並不理解堀北的想法。

所以他毫不掩飾地雀躍興奮，認為或許要戰鬥了。

「地點可以由我們這邊決定嗎？我想避免貿然地被學校盯上。」

「嗯嗯，我想學長姊你們也比較清楚，這部分就交給你們——」

天澤好像打完了文章，她在寄出之前做最後的確認。

「那麼，決鬥就此成立，可以吧？」

堀北點頭回應後，天澤緩緩地看著我們三個。

接著讓手機畫面變暗，並將手機收入口袋。

「還是算了——」

我以為是她突然改變心意，但好像並非如此。

從那張表情來看，應該看成對方也在試探、測試我們。

不過，對於天澤改變心意，堀北和須藤都很慌張。

「為什麼呢？」

「就算招募，感覺也不會有對手過來。看見須藤學長的體格，還有堀北學姊和綾小路學長的態度，就會知道他在二年級生中也屬於頂尖強。」

天澤了解根本不需要特地讓他打架做比較。

我和堀北演的戲，還有保持原樣的須藤——好像效果太好了。

如果她是在招募後才發現，堀北就不會接受取消了吧。

因為也不能在這邊被她識破我們在演戲，於是堀北顯露出了不滿。

「妳是在耍我們嗎？」

「討厭啦，不是這樣。只是就算做這種擺明的事，也很沒意思吧。我只是想親眼確認並且享受在其中。所以不要像這樣生氣嘛，學姊。」

「嗯——」天澤將食指按在唇上，陷入沉思。

「我會給他機會，所以妳就原諒我嘛。」

堀北打算駕馭對方，卻被天澤以獨特的步調耍得團團轉。

她跟這種人的契合度似乎不太好。

「除了強大的男人，我接著喜歡的就是會做菜的男人呢。」

「做菜？」

天澤的新提議，又是跟這場特別考試完全搭不上邊的事。

「你叫須藤學長吧？你能親手下廚招待我嗎？最好吃的那種。」

「親、親手下廚！」

須藤直到剛才都自信滿滿，卻因為意想不到的提議而嚇得往後仰。

「好吃當然是大前提，我要請你煮我指定的料理。」

「不、不行，我打從出生以來從沒下過廚——」

「是嗎？那麼，我就收回這個機會吧。」

堀北不讓她這麼做，因此插話道：

「我可以代替須藤同學嗎？」

「這可不行。我說過了吧？說我喜歡會做菜的男人。再說如果搭檔對象不是會煮飯的人，不就沒有組隊的意義了嗎？」

也就是，不管堀北再擅長烹飪，在她是女人的時間點，就被排除在外了。

「須藤學長不行的話就放棄吧，你們要不要去找會做菜的同學啊？啊，就算你們慌張地找來，我也不會跟須藤學長搭檔喲。」

天澤就像小惡魔般地笑著。

「要不要從現在開始試著讓須藤學長變成烹飪高手？不過你們來得及嗎？因為我可是很搶手呢，不快點的話，我可能就會決定搭檔嘍。」

這不單是警告。她沒幾天就會決定好搭檔吧。

二年級生除了堀北之外還有一堆優秀的學生。

她根本不需要特地背上跟須藤組隊的風險。

這可說是天澤這名少女展現的一時興起、單純的玩心。

要是她稍微改變心意，那就玩完了。

不過同學裡學力低，又要是男生，而且擅長烹飪。

我目前也想不到有誰。

這麼一來，天澤做出的指定，對D班來說可能就只有負面影響。

放棄她，轉而進攻其他學生，才能有意義地運用時間。

我們沒給出答案，天澤就這麼補充：

「我知道了。那我就給你們特別的福利。我原本是想跟擅長烹飪的男人組隊……但如果能讓我的味蕾滿足，我也能跟擅長打架的須藤學長組隊喲。」

天澤在此提議了小小的讓步。

天澤想要搭檔的是打架厲害的男人，或是擅長烹飪的男人。

如果是這樣，的確就會滿足天澤的喜好。

「畢竟跟會煮飯的人組隊，或打架厲害的人組隊都差不多。」

她說就算是其他男生，只要能讓自己滿足，她也可以和須藤搭檔。

堀北聽見天澤的願望會怎麼回應呢⋯⋯

但問題是我們對於有沒有那種學生毫無頭緒。

現在開始訓練的話，時間絕不充足。

「綾小路同學，我記得你之前跟我誇口過自己擅長烹飪吧？」

不知堀北在想什麼，她正大光明地問我這種事。

那種事我沒有自豪過，更是不曾說過。

要否定很簡單，但我現在似乎有必要先配合她的說法。

須藤能和擁有學力A的學生組隊的可能性並沒有那麼多。

「說烹飪是我唯一擅長的領域也不為過。」

「是啊。如果天澤同學允許的話，綾小路同學怎麼樣呢？」

「只要是男生，不管是誰都沒問題喲。但是，你真的擅長嗎？就算是隨口胡謅也沒關係啦，

但審核會相當嚴格喲。」

「當然沒問題呢。對吧？」

「嗯，算是吧。」

我一表示肯定，天澤就馬上拍拍手。

「那麼待會兒就趕緊讓我見識你的實力吧。」

這發展也太快了。可是，這就像是天澤要封住對手的手段吧。

為了不冒失地緩期給予我們學習烹飪的時間。

她打算釐清我是否真是很會煮飯的人。

既然這是為了綁住天澤的謊言，堀北就不能在這邊回答ＹＥＳ。

憑我現在的技能烹飪，本事也就只有那麼一點。

不用嚴格審核，也毫無疑問會被刷掉。

「雖然我很想這麼做，但能不能給一點時間呢？我跟綾小路同學為了找同學的搭檔，正在像這樣反覆接觸一年級生。除了須藤同學以外，還有很多必須幫助的學生。如果被別班搶先一步，就會受到沉重的打擊。現在這個瞬間，競爭對手們也正在尋找搭檔、四處奔走。」

「妳可以理解吧？」堀北這樣說明狀況。

「可以的話，我希望可以等到星期五的放學後呢。」

堀北這麼說，拒絕了天澤希望今天就招待她料理的願望。

甚至打算訂在星期五的放學後，製造幾天的緩期。

她建議若是週末，多少可以排出一些時間。

「原來如此呢，被我一個人占用太多時間的確不好。」

「既然這樣——」天澤做出了新的提議。

「我今天就算到深夜都可以喲，這樣就沒問題了吧？」

「一年級在半夜進出二年級生的宿舍。而且是男生房間，會有道德上的問題呢。」

「有道理～但要我等到週末有點難耶——我也會損失跟其他學長姊搭上的機會……對吧？」

她果然不會爽快同意希望她等到週末的提議。

這次天澤回以嚴苛的回答。

「但這也是某種緣分，我就等你們一天。如果明天放學後還不能親手下廚招待我，這次就讓我當作不算數吧。」

這邊恐怕就是天澤最多能提出的妥協界線。

是貪心的話，她隨時都會退出的那種氛圍。

只要堀北沒有錯看這個進退……

「是啊，我無法否認這確實會對妳強加負擔。再說，妳也不想隨便給他時間練習做菜，對吧？」

「討厭啦，我才沒有想到那邊呢——」

「……好吧，能麻煩妳以這個條件進行嗎？」

準備期間只有一天。可是，不這麼做就留不住天澤。

雖然也能當作是不得已的下策，但堀北還是這麼說出修正案。

「那就說定嘍。」

天澤對於自己提的明天放學後沒有不滿，並且欣然答應。

「但不要像剛才打架那件事一樣中途反悔，我們也不是在鬧著玩。」

「ＯＫ，我答應妳。要是我判斷他烹飪的本領為真，到時就會跟須藤學長搭檔。」

儘管是口頭約定，但天澤還是坦率地點頭回應。

「拜託你了，綾小路。就靠你的烹飪本領，設法得到我的搭檔吧！」

雖然我在這場面上這樣配合，但沒想到事情居然會變成這樣。

「那麼，明天放學四點半在櫸樹購物中心前碰面好嗎，綾小路學長？」

「櫸樹購物中心？不是在宿舍嗎？」

「畢竟要你做什麼是祕密，當然就必須去採買食材了吧？」

原來如此。從採買之類的開始就算審查項目了嗎？

「我可以一起去嗎？」

這是為了巧妙、不露餡地提供建議吧，堀北這麼提議。

不過，天澤不是這麼輕易就行得通的對象。

「這可不行。畢竟妳也可以透過使眼色來給建議，我會嚴格審查——」

總之，明天我必須一個人想點辦法。

「綾小路學長，你可以吧？」

「嗯，沒問題。」

我暫且先坦率地接受，但這真是大事不妙了呢。

「那麼明天見，拜拜——」

天澤心滿意足地下樓。

「堀北，我想妳很清楚——」

「現在就先閉嘴，我會思考作戰。」

就算說要思考作戰，時間就只有一天。

我只有最低限度的料理技巧，究竟能做到什麼程度呢？

一夏的考試

今天特別考試已來到第三天。星期三到來。

OAA因為迎接早上八點，也做了第二次的更新，選項勢必會越來越少。

「決定三十四組新搭檔了嗎？」

這樣加上星期一，就有五十六組成立了。

最多一百五十七組，因此現在已經有三成以上的學生決定了搭檔。

拉起昨天搭檔數量的是二年B班。換句話說，很多是與一之瀨有關聯。

看來應該是交流會之後，一年級生就仔細思考，並下定決心要搭檔吧。

可以確認到基本上學力低的一年級生，大多都跟一之瀨他們組隊了。

還有，就是部分一年級資優生的名字從清單上消失了。看見二年C班也有幾個人的名字消失，可以推測是點數交易成功了。我們班以櫛田為首，有五名學生決定了搭檔。我確認一年B班的頁面後，發現八神拓也也決定了搭檔。說不定是跟櫛田合作了。

但異常的是，一年D班沒有半個人成立搭檔。

在整個一年級、二年級來看，這都屬特例。

我再不開始正式行動，可能就會漸漸無法動彈。

客觀地看我的成績，大概沒有學生會願意第一個來說「我們組隊吧」。不論是有學力的學生或欠缺學力的學生，想和聰明學生搭檔都是很自然的發展。一年級生們跟可以為班級著想而行動的二年級生不一樣，應該沒有什麼餘力觀察周圍。就連將同班同學視為競爭對手的認知都還比較強。

至少到成績前段陣容被搶完為止，我都會被擱在後面。

正因如此，月城應該有指示不要錯失這個弱點。

要求跟我組隊的學生，或是同意跟我搭檔的學生，當然都是個危險訊號。

話雖如此，一直不決定搭檔地猶豫下去，跟月城的刺客組隊的可能性就會漸漸提昇。我需要得到該名學生絕對不是刺客的把握，但這恐怕不容易。

老實說，我完全想像不到對方會怎麼演戲偽裝自己。

我在OAA上掌握了所有人的長相、名字、成績，但當然沒有因此就能獲得的提示。

假如一年級生的一百六十人全是我的敵人，這就會是無處可逃的死局。

我想著這種荒謬的事。雖然我覺得就算是月城也做不到那種程度……

不對，不是這樣。

重要的是想出即使大家都是敵人，我也能存活下來的方法。

總之，現在就是要從剩下的一百零四人中找出安全的學生。

在White Room栽培的孩子們沒有性別上的偏重。基本上是打著男女均等的栽培方針，所以不可能從那個方向縮小範圍。

既然這樣，我該怎麼剔除人選呢。其中一個應該可以舉出「體型」。

White Room裡端出的食物都是從細節就全部受到管理的內容。在那種環境下長大的小孩們，基本上不可能變成肥胖體型。總之，只要選擇肥胖兒童，就可以迴避White Room的學生……我腦中浮出這種簡單的圖示。

可是，這也不是必然。White Room的學生也可能是從好幾個月前，就開始為了讓我退學而事先準備。有那個意思的話，要變成豐滿體型或纖瘦體型都不是不可能。若是一路以來忍過嚴格課程的人，應該可以輕鬆完成。

不過，就算剔除這點，我對選擇體型脫離標準的學生還是會有疑慮。雖然因為無法在ＯＡＡ上看見整體圖像，所以無法一概而論，不過明顯肥胖的學生只有大約兩人。

不管哪個都無法徹底排除是月城派進來的學生的可能性。因為不只是White Room的學生，也可以假設月城有從一般學生裡找來刺客。

也可能提出只要我退學就可以提供更好的升學處。

接下來就是能否從學力上縮小範圍了。而這也很困難。

只要是White Room的學生，要在入學考試拿下滿分也完全不費事。理所當然會拿到A、A＋的學力。換句話說，就是可以自由控制。

畢竟對方大概也有聽說要導入OAA的事。

即使拿下學力E的成績並伺機而動，也完全不足為奇。

同樣的，也不可能縮小範圍到A班或D班這種隸屬的班級上。

雖然我早就知道了，但不管從什麼角度看，目前都沒有素材可以縮小範圍。

我接下來該做的——

就是親眼看著學生，並且確認真偽。如果確定不是敵人就組為搭檔，或者也可以請對方當協助者。

我用自己的方式設了一條規則。

今天，我接下來會去上學，吃完午餐，並且迎接放學。我要在這樣的一天裡，依序向自己看見的一年級生搭話，然後從那個學生開始去獲得一年級生的協助。反正月城不可能派來觀察後就能得知的對象，所以我也只能借助他無法介入的「偶然」要素戰鬥。

我的學力是C，絕對不算高，無法成為武器，不過應該不是完全沒有學生願意搭檔。只要逢人就問，也會命中好幾人吧。

1

離開宿舍前往學校的途中。

我很快就看見兩個一邊閒聊一邊走路的一年級女生。

名字是「栗原春日」與「小西徹子」，都是一年A班的學生。

但遺憾的是，她們兩人都是第一天就確定搭檔的學力優秀學生。不可能叫她們當我的搭檔。

不過，已經決定好搭檔，不是那麼大的問題。

倒不如說，就合作人物來說可說是最適合的。可是，該怎麼說呢，很不好上前搭話……

雖說是以特別考試的名義必須尋找搭檔，但旁人會怎麼看待向女生雙人組攀談的二年級男生呢？我不禁思考了這種事。

我沒有勇氣像洋介那樣說「早安」。話雖如此，強勢地叫她們「介紹可以組隊的朋友給我吧」——這也不在討論範圍內。

無論如何，我都無法不進攻。在這裡妥協不是上策。我做好了如此覺悟，不過又該如何選擇時機呢？比起在她們開心聊天時過去打岔，好像應該斟酌對話稍微告一個段落的時候。

「早安，綾小路學長。」

我正在觀察情況時，被人從身後這樣叫住。

她是我今天看見的第三個一年級生——上次跟寶泉一起行動的七瀨翼。

她對我露出無憂無慮的笑容。

「嗯，早安。」

我沒想到會被人搭話，於是不自然地停頓了一下。

「你找前面兩個人有什麼事嗎？我們過去搭話吧？」

同樣是一年級生的七瀨這麼提議，但這樣對話可能會變成混著三個女生。對我來說應該會是一段負擔沉重的時間。

「不用，沒關係。」

「是嗎？」

七瀨一臉覺得不可思議，以幾乎跟我一樣的速度走路。

當我在斟酌叫住她們的時機，就以意想不到的形式開始跟七瀨對話。不管是誰都好，能省下我主動攀談的工夫都非常令人感激……

一年級生來找我說話的發展不能說是偶然。她可能是在等我到校，並算好時機。不限於七瀨，搶先過來搭話的學生，全部都該先這麼假設。她就跟昨天的天澤一樣，不是我去攀談，而是

過來找我說話的學生。

「上次寶泉同學做出沒禮貌的事，真是對不起。」

「不會，我沒有直接受害。妳就算道歉，我也很傷腦筋。」

「但是一定添了麻煩。我是為了阻止會做出那種行為的寶泉才跟去的，但該怎麼說呢？我深切感受到自己的能力不足。」

跟粗暴的寶泉不一樣，她這種非常善於社交又有禮的語氣，讓人非常有好感。學力B也很高，作為搭檔對象無可挑剔。除了我之外有人來挖角也不足為奇，但是到了現在第三天，她都還沒跟二年級生搭檔。

不過，一般會認為這可能是一年D班的方針。

除了學力，她的身體能力、靈活思考力、社會貢獻性都在C＋以上，是整體平均的高分成績。乍看完全看不出問題。正因如此，就會出現為何七瀨翼是D班的疑問了。D班的形象，基本上有強烈傾向會被分配到有某些問題的學生。例如說，像是洋介和櫛田表面上完美無缺，但實際上揭開結果後，就會看出並非如此。

總之，無法完全否定七瀨可能有隱藏的問題。不過，現階段沒有保證本年度的一年D班就一定符合相同的傾向。

就我個人來說，性格或價值觀有點問題也沒關係。就算要請求她當搭檔、當合作人也無妨，重要的只有七瀨翼是不是月城那邊的人。雖然她在初次見面時跟寶泉一起露出的眼神讓我很在意……但現在那種眼神銷聲匿跡，她以很自然的目光看著我。

「這次特別考試的搭檔，妳決定好人選了嗎？」

我為了認識七瀨這個人，決定擴大話題。

「我嗎？沒有，還沒決定。」

「那有人找過妳嗎？」

「嗯，二年A班和二年C班的學長姊算是來談過。」

若是學力B，這也算是意料之中，看來她果然有被人搭過話。

「妳為什麼要保留答覆呢？」

我不知道她會不會坦率說出是因為學力或點數，但還是試著追究。

「不好意思，這點我不能回答。」

七瀨道歉後，就低下頭這麼說。

「不回答不想被問的，才是正確答案。妳不需要道歉。」

現階段似乎不太可能問出這是七瀨個人的問題，還是一年D班的問題。

既然這樣，我就試著從稍微不一樣的角度進攻吧。

「可以的話，我們D班要不要彼此合作、互相找出適合的搭檔呢？」

我試著做出自己也包含在內的提議。畢竟堀北也認為一年D班就是關鍵，而寶泉也對二年D班抱著某種情感。這應該不是很糟的提議。

「班級之間合作……是嗎？」

「對。大部分學生都為了自己的成績，而打算跟學力高的學生組隊。但這麼一來，學力低的學生就勢必不會被選中，然後多出來。如果一年級生跟我們二年級生都是學力低的學生互相搭檔，我們就會暴露在退學危機之下。」

「是的，這點我明白。可以的話，我也想要避免。」

「是啊，為此就會需要適當的平衡。雖然一定拿不到前幾名，但還是必須找到不會不及格的搭檔。」

我們是D班。就品牌性來說，壓倒性地不如別人。

正因如此，名次相同的一年D班，應該有可能接受提議。

「怎麼樣？」

「我也贊成。可以的話，我也想幫助綾小路學長。可是……」

「可是？」

「我不知道班上的人願意幫到什麼程度。再說，有些對讀書有自信的學生已經是私下快要決定好搭檔的狀態。」

這次的考試可能成為主力的大多數學生，都開始決定穩定的搭檔，並且把前段成績當作目標。走在眼前的兩個女生也正好符合了這點。

還沒定下搭檔的，應該都是因為有像是點數層面的其他問題。

重要的是，這次的考試重點是前三成會被給予報酬。拯救學力低的學生的行為，換言之也會連結到放棄那份報酬。

「不會需要所有人的協助。可以確實調整的話，就算不叫那麼多人幫忙，應該也可以熬過特別考試。」

就算班上的部分學生被人搶走，也不會有很大的障礙。

「是啊。不過，也不是沒有其他問題。」

七瀨對於提議本身表示贊同，卻露出陰沉的表情。

原因連想都不用想，似乎也傳達了過來。

「我記得他叫做寶泉……對吧。那傢伙在D班好像展現了很強烈的存在感。」

我進一步地獲取一年D班的內部狀況。

根據上次跟白鳥的接觸，我丟出幾乎普遍認為不會有錯的資訊。

「對。男女生大部分都開始服從寶泉同學的指示了。」

原本只是猜測的部分逐漸轉為確信。

寶泉果然已經打算掌握班級，並納為己有。

不輕易讓搭檔決定下來，說不定也是寶泉使出的戰略。

若是這樣，寶泉就不只是個靠自己的腕力仗勢欺人的學生，還兼具綜觀周圍的洞察力、觀察力以及冷靜。

「妳的立場有點特別嗎？妳面對寶泉沒有卑躬屈膝的感覺耶。」

「因為我不會屈服於暴力。」

她回以從外表無法想像的強力發言。

這並非只是感覺很廉價的東西，而是可以證實某些事情。

我從她純粹的眼神中觀察到帶有自信的情緒。

「學長……你是怎麼看待暴力的呢？」

「怎麼看待……意思是？」

「意思就是你是肯定派，還是否定派。」

怎麼看待寶泉的做法——如果是這種疑問，那答案只有一個。

「如果要二選一回答，那就是肯定派的呢。」

我如此告知。

我以為她會立刻有某些動作，但是她回以沉默。我瞥向七瀨確認她的表情，發現直到剛才的

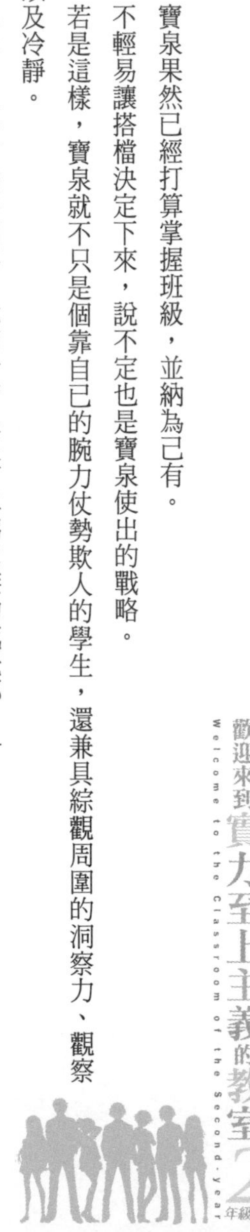

乖巧表情已經消失無蹤。

她露出的眼神，就跟上次離開時看著我的眼神一樣。

在等待七瀨回覆的這種狀況持續了幾秒後……

「硬要說的話，我也是肯定派。」

她給出了可以視作真話，也可以當作謊言，感受不到情緒波動的答案。

寶泉也很肯定她不屈服於暴力的堅定意志，所以才會把她放在身邊？

不對……不見得只有這樣。

當時寶泉對七瀨說出「那件事」的這個字眼有很強烈的反應。

沒有任何保證寶泉身為一個人比七瀨更強。

雖然我很好奇這點，但這應該不是現在該在這邊問的。

因為她看來不像會非必要地說出不該說的話。

我還不該做出會貿然加強她戒心的事。

現在我應該先撤退。大概還有機會跟堀北再次進攻。

「不論如何，如果決定班級方針的是寶泉，這次的事似乎就很困難了呢。」

我巧妙地跟七瀨繼續維持關係，同時開始考慮接觸其他班級……

「那個，如果你不嫌棄這種狀況的話……要不要試著安排一次討論呢？」

她似乎認為我提的合作關係是個好提案，於是這麼答道。

「這個提議很令人感激，不過真的可以嗎？」

「是的。可是，因為我不知道有多少人願意幫忙，不能做出百分之百的約定。最壞的情況也可能變成只有我，沒關係嗎？」

七瀨這個人如何就先擱著吧。

暫且以為了同班同學為藉口，盡量增加我和堀北跟一年D班扯上關係的機會很重要。

「當然，我想堀北一定也會很高興。」

「堀北學姊是二年D班的領袖嗎？」

「對，那傢伙現在是統籌班級的人。」

我決定先告訴堀北，最好在七瀨的協助下安排跟D班的討論。直接在教室說的話，那些內容會有點引人注意，我該怎麼做呢？

「啊……我或許沒辦法立刻回覆。這樣也沒關係嗎？」

「我知道了，我這邊也會盡快為了能夠調整好而行動。」

「好的！」

我請七瀨跟我交換聯絡方式，同意之後聯絡。

2

我確認堀北還沒到校，決定在換鞋處等她一下。

如果行事不夠徹底在教室裡聊起這件事，就會得同時在意旁人的目光。

堀北不久後就現身了，她沒想到我會等她，露出一臉感到不可思議的表情。

「早安，你是跟人相約碰面嗎？」

「不知該不該說是相約，不過也差不多。我等的人到了。」

「是嗎？」

她稍微回過頭，發現沒有什麼特別像是認識的人在，於是重新面向我。

「我？」

「對。有點事急著想告訴妳。」

「你還特地等我，這是很重要的事嗎？」

我們兩人邁步而出。

「重要……是啊，我認為可能很重要。我剛才偶然有機會跟一年D班的七瀨翼搭上話，然後試著向她提出一點提議。」

「哎呀，是什麼提議呢？」

「我試著跟她談了談——一年D班和二年D班要不要合作。」

「就你來講，還真是做出一件很果斷的事呢。」

堀北自己應該在煩惱該如何跟一年D班建立關係。

雖然我也做好了覺悟，她會生氣我未經許可就提議合作關係……

「你有看見一年D班搭檔的狀況嗎？」

「嗯，沒有任何人決定搭檔。坂柳他們大概也將一年D班延後了吧。」

與其存下鉅款再拉攏，倒不如集中拉攏用一定程度的點數就願意合作的前段班資優生——這是很自然的發展。

「一定不只是這樣。要奉陪寶泉同學特殊的方針，也需要相應的勞力。從前段班的角度看來，特地撥出時間也只會徒增麻煩。」

「可能吧。」

「你是知道面對寶泉同學有多費力氣，才向七瀨同學提議嗎？還是說，你是抱著這種目的——為了不讓寶泉同學發現，打算透過七瀨同學達成祕密合作關係，才去找她搭話呢？」

「妳覺得呢？」

我故意不深入回答，問了問堀北。假如她目前沒有跟一年D班聯手的構想，她也可以不用認

真看待這件事。

「我用自己的方式試著重新分析了這次特別考試的狀況，你能聽一聽嗎？」

「我沒有自信可以給出適當的建議喔。」

「我並不期待呢。」

她好像只是想把自己整理的想法說給我聽。

這應該跟我今天提出和一年D班之間的事情有關聯。

「首先，在看見全體一年級生時，雖然這是理所當然，不過人氣都聚集在學力優秀的學生。」

「是啊，白鳥也說過二年A班和二年C班都有跟他提出要用點數締結契約。」

「但白鳥同學他們全都保留了答覆。雖然大概是在點數方面上沒有談妥，但對我們提出五十萬點，再怎麼說都太貴了。」

報酬從前五組十萬，前三成一萬來看，就算是二十萬都拿太多。

「不知道橋本同學他們提出的點數是多少呢。」

「不知道耶。不過應該可以看成跟五十萬差異懸殊。」

只要不是實際上交涉的學生，就沒辦法知道答案。

「我估計A班和C班提的點數沒有太大的差距。不對，硬要說的話，A班提出的點數或許比較少。」

這很可能是看見今天早上的ＯＡＡ推理出來的。

二年Ａ班和二年Ｃ班裡決定搭檔的學生人數是Ｃ班比較多。

「Ａ班和Ｃ班的話，品牌價值上來說當然是Ａ班更好。只要點數沒有差別，選擇Ａ班的就會比較多。可以從這些去想像的，就是Ａ班是以此為目標——從自己的班級價值與點數兩者去推銷並獲得一年級生。另一方面，Ｃ班在品牌能力上敗陣，相對地就會打算加碼。」

我予以肯定，輕輕點頭。

「有點不可思議的就是龍園同學的想法。為了獲勝，把前幾名的陣容拉為夥伴會是最低的條件，但這勢必會變成與Ａ班的爭奪。如果要在金錢遊戲上較勁，他再怎麼想都不會有勝算，而且要以總分第一名為目標也實在太魯莽了呢。」

他說過會威脅別人，但實際上這無疑是勝算很低的戰鬥。

「就算要稍微降低水準，他也應該瞄準沒有重複的學生。」

學力Ｂ－或Ｃ＋也會表現得相當活躍。在總分上瞄準第二名才比較安全。

「算了，想要理解他的想法才亂來呢……我繼續說下去了。剩下的Ｂ班，打算不過問學力地拉攏夥伴當作救助弱者，建立與一年級生的信任關係。除了一年Ｄ班之外，大部分學力Ｄ以下的學生都被一之瀨同學拯救了。」

她回頭確認沒有任何人偷聽，就這樣繼續說：

「現在的目標會是各班的中間層，從學力B－到C＋這一帶的學生。」

這一帶的學生應該不會收到鉅款的邀約，學生人數也還有很多。

在A班和C班爭奪前段陣容的期間邀請，會是個好辦法。

「這樣意思就是集中在一年D班的作戰要撤回了嗎？」

「不，會繼續執行。不如該說越來越明顯這是最重要的選項了吧。」

「意思是要放棄其他班級的中間層嗎？」

這個判斷也能說是過於果決。我們二年D班比其他任何班級都還落後，所以會希望趁早讓許多搭檔確定下來。

「並不是什麼都不做，雖然做法會有點壞心，但我打算進行假的金錢遊戲，並爭取時間。中間層的學生跟資優生不一樣，我認為不會有提供高額點數的好事上門。既然這樣，現階段就要對中間層灌輸慾望，讓他們有自己也能做些談判的錯覺。」

「目的就是要讓坂柳他們不只那些前段層，就連獲得中間層也要花費點數嗎？」

「雖然我很懷疑會有多少效果，但多少可以引起他們的注意。而我打算在那段期間攻進一年D班。所以你提的這件事，我可是求之不得呢。因為我也正打算接觸七瀨同學。」

「不過寶泉不是希望玩金錢遊戲嗎？」

「確實如此呢，但他真的只是在追求點數嗎？他闖來二年級生的領域時，對我這麼說過呢──『沒有我們D班指名你們的話，你們根本不能組成像樣的隊伍吧？所以我就來幫一幫愚蠢又無能的你們。』換句話說，他的目的是我們D班。如果他的目的只有點數，還會使用那種說法嗎？」

「除了個人點數，應該還有談判的空間。」堀北斷言道。

「他最後對我說出『回頭見』也暗示了這點。」

「確實是這樣。寶泉正在關注二年D班，只有這點是確定的。」

這次堀北在總分上放棄前幾名，卻打著「無人退學者」、「不參加金錢遊戲」、「以班級總分前三名以上為目標」的三個命題。雖然不簡單，但正因如此，她才會選定一年D班。

「話雖如此，可以預料寶泉同學很不好對付。我有準備保險手段。」

她似乎也有使出我不知道的其他對策。

「現在，我正在跟一年B班的部分學生商量能否締結合作關係。」

「說到一年B班……就是跟你和櫛田出身於同所國中的八神嗎？」

我想起今天早上OAA上櫛田和八神已經決定搭檔的事。

「昨天櫛田同學和八神同學合作了。雖然我很遺憾地完全不記得學弟，但他也可能會成為關鍵。他好像非常信任櫛田同學，我已經叫她私下談判了。順利的話，就可以增加協助的人。」

這是好消息，但也冒出令人很在意的地方。

「是妳對櫛田做出指示的嗎？」

討厭堀北的櫛田能認真幫到什麼程度也會有疑慮。

「我想自己現在已經很清楚這是件難事，所以是中間夾著平田同學進行這件事。」

「原來是這樣。這樣櫛田也不能辦事不徹底，並偷工減料了。」

假如櫛田能統籌與八神的談判，把好幾個學生帶過來，二年D班就可以解決部分的搭檔問題，並專注在讀書上。

3

「早安，堀北同學，可以打擾一下嗎？」

第一堂課結束後的休息時間，洋介移動到了堀北的座位。

我在自己的位子上漠然地觀察這個情況。

「昨天，我四處跟很多人搭話，但還是無法輕易地請他們幫忙呢。雖然姑且還是有人說可以搭檔……」

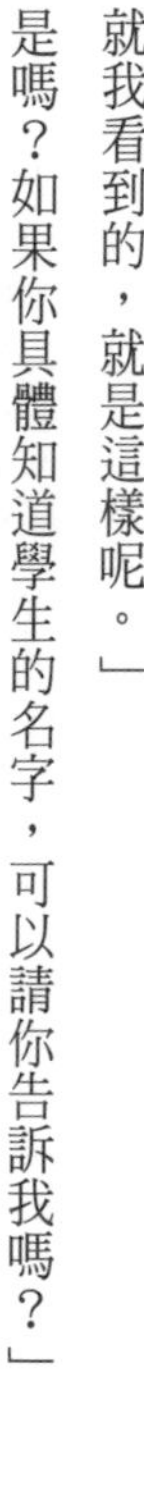

似乎不會因為彼此都是足球社就順利。再說就算是洋介，如果對象是入社沒多久的一年級生，要徹底打成一片還是很困難。

「一年級生有要求點數，對吧？」

洋介肯定後，堀北就繼續說：

「這是可以高價賣出自己的機會，不需要驚訝呢。」

就跟我們想像的一樣，點數收買的問題已經蔓延整個一年級。

「聽說他們被二年A班搭話表示希望組隊後，二年C班就告訴他們會支付點數，所以希望他們組隊。不只是那個人，幾乎所有被A班邀請過的學生都收到了C班挖角的邀請。」

「聰明學生的競爭率很高，所以這也理所當然。」

這在堀北心裡也是已經預測到的事。

不過洋介接著說出的就不一樣了。

「聽說學力獲得C或D評價的學生裡也有人被搭話。我也聽說了打算存下鉅額點數而受到邀請的情況喔。」

「也就是，不一定是從學力高的學生開始優先邀請，對吧？」

「就我看到的，就是這樣呢。」

「是嗎？如果你具體知道學生的名字，可以請你告訴我嗎？」

「當然。」

洋介說出那些已確定受到A班邀請的一年級學生名。堀北調查完那些人，立刻明白了某件事。

就算被邀請的人學力低，他們也是擁有其他優秀特徵的學生。像是身體能力很高、靈活思考力、社會貢獻度受到好評。

「原來如此……該說……真不愧是A班嗎？」

「他們或許不受限於眼前的成績，而是預想到未來了呢。」

跟一年級生合作的特別考試未必只有這次。這麼一來，當然也會需要學力以外的技能。這是拯救對學力不安的學生，並要他們將來在擅長的領域派上用場的想法。應該就是這個方向無誤。

話說回來，有趣的是龍園率領的C班連這點都跟隨在後。

不只瞄準學力高的學生，還緊跟在坂柳的背後。

「要是我們也一樣能這麼做就好了呢……」

「很難吧。」

我們是D班，而坂柳是A班。

入學沒多久的學生們，也已經知道哪邊的品牌比較優秀。

考慮到將來，若要請人幫忙，傾向優秀班級也很自然。

「謝謝你，之後可以繼續麻煩你嗎？」

「嗯，如果又知道了什麼，我會再跟妳報告。」

洋介對堀北露出爽朗的表情，回去自己的座位。

過沒不久，我就收到了堀北的訊息。

『就是這麼回事。』

原來如此，她似乎有察覺我剛才在偷聽。

『平田同學真的很可靠呢。』

『我想也是。』

雖然起過爭執，但現在也都解決了。

願意為了班級全力付出的人極為可靠。

溝通能力和腦袋聰明當然是洋介的武器，但他最大的強項是能被人信任的能力。

洋介累積了足以讓人覺得如果是他就不會有錯的實績。

正因如此，堀北才能毫不吝惜地跟他討論戰略。

『我們D班光是這樣就會背上不利的條件。這會是場辛苦的戰鬥。』

『但還是只能硬上了吧，加油。』

『我也會叫你扛起一項任務喔。』

『就是七瀨那件事，對吧？』

『對，可以麻煩你趕緊回覆嗎？說我們隨時都可以去。』

就像是打鐵要趁熱一樣，這件事也應該要迅速進行。

否則別班就會把優秀人才不停地帶走。

『話雖如此，也要明天之後了。首先要解決那個問題。』

『我當然知道。』

4

我沒得到七瀨的答覆，就這樣迎接了放學時間。

即使她回覆今天就能去，我跟堀北也沒辦法行動。

我有個當務之急、必須立刻解決的問題。

就是跟天澤之間突然有了要親手下廚招待她的約定。雖然是可以拿到及格分數，就能請她跟須藤搭檔的一樁好事，但門檻一定不低。

我在約定時間的十分鐘之前抵達櫸樹購物中心的大門，發現天澤好像還沒到。我沒有特別操作手機，而是待在原地呆看著前來櫸樹購物中心的學生們。從一年級生到三年級生，大家都聊著待會兒要做些什麼，接著被吸入購物中心裡。今早的氣溫比往年暖和，但接近傍晚，天氣也逐漸冷起來了。到了晚上，氣溫好像還會再降低一些。

不久，在約定時間快要到的時候，天澤現身了。

「真完美呢——綾小路學長。」

會合後，她就一副對什麼很滿意似的露出笑容數度點頭。

「妳是指什麼？」

「因為你比女孩還早到約定地點喲，而且沒有做出多餘的事呢。」

與其說是出乎意料的敏銳，倒不如說她很了解我這些瑣碎的動作。

多餘的事，很可能就是指滑手機或講電話。

接下來就是天澤給的試煉，換句話說就是必須下廚招待她，考慮到這點，方才就會是直到最後還能看各種食譜研究對策的場面。總之，若說這就是筆試當天敲鐘前都在研讀課本的狀態，應該就很好懂了。這本身當然不違反天澤要求的規則。

不過，也能想成看來會像對烹飪沒自信的人。

打電話也一樣。也可能會被當作是在跟某人聊這類話題吧。就是因為這樣，為了演出自己很從容，我故意什麼也沒做。我原本打算在無意識間對天澤灌輸這點，看來最初的階段就被她識破

了。

「那麼綾小路學長，我們走吧。」

天澤與我並肩且這麼說，我們隨後前往櫸樹購物中心。

「是要買食材嗎？」

「對對，那些也要呢，必須購買要叫你做的東西。你有帶錢嗎——？」

「算是有帶一些。」

雖然真的只有一些啦。

只是當著學妹的面，所以我不會多嘴。

「太好了，這樣就不用顧慮了呢。呃——我記得同學說這裡有賣各種必要的物品……購物籃在哪裡呢——」

天澤沒有直接前往超市，而是踏入日用品專賣店「Humming」。她讓我拿著在門口附近找到的藍色購物籃。

令人在意的，是她說的那句「那些也要」。

接下來要烹飪，除了買食材，還有其他需要的東西嗎？

天澤靠近備齊廚房用品的專櫃。

回想起來，一開始入學我也來過好幾次，在這邊買齊了必要的物品。

除了學生以外，教職員們以及在咖啡廳、學生餐廳工作的大人們，都會用到不少這類用品，因此廚房用品就被安排了特別大的專櫃，我記得第一次來的時候，還不能立刻找到哪裡放了些什麼。

有陣子沒過來，這段期間似乎也推出了各種新商品。

天澤靠近這裡，就代表著她打算購買什麼特殊的專門器具嗎？削皮器、磨泥器、研磨缽——烹飪器具可是多得數不清，其中當然也有我沒有的東西。不過奇妙的是，她完全沒有跟我做這類確認。通常至少都會討論擁有什麼、缺少什麼吧。考慮到時間上的損失，就算是一邊走路也可以充分地確認……

我強忍想要確認的想法，就這樣完全交由天澤主導。

我決定在跟烹飪器具無關的地方試著拋話題。

「天澤妳自己不會下廚嗎？」

「我？大概完全不會，我不是會親手下廚的那種人，比起煮飯給別人吃，我更算是會讓人煮飯給我吃的人。」

她這樣說明著自己的事，同時也到了目的地，於是停下腳步。

來到這裡的過程非常順暢，她把視線從我身上移開，面向了貨架。

這幾十秒，她似乎在煩惱著什麼，雙手抱胸並陷入沉思。

接著好像做好了決定，她大力點頭，低語說「好」。

「首先就是砧板吧？還有菜刀，對吧？接著就是調理碗加上攪拌器，還有還有，我們也會需要鍋子跟湯勺吧～」

她一邊說，一邊把東西接連放入籃子了。

最後放入的是勺子。看來這也有「湯杓」這種說法。

「等一下。雖然其中也有我沒有的道具，但基本上我的房間裡都有了。」

我的預感應驗，所以急忙這麼告訴她……

「好啦好啦，我只是要請你買齊我專用的道具。」

只是要請我買齊……？就算只拿一個砧板來說，就比我房間裡自己用的還要高檔。似乎使用檜木，輕輕鬆鬆就破了四千點。其他道具也全是高級品。她接下來好像還有其他目的，開始移動後，就走去旁邊的兩個貨架。她在這邊甚至沒有剛才的遲疑，一抵達就毫不猶豫地拿起水果刀。

「你說自己擅長烹飪的話，那果然還是不能少了削皮刀呢——」

她語氣輕鬆地說著這種話，同時又把東西丟進籃子。雖然我是連水果刀叫做削皮刀都不知道的超級門外漢……順帶一提，那把削皮刀是要價將近三十點的高價商品。在她拿的商品旁，明明就有賣好幾種更便宜的類型，她卻完全不看一眼。價格不同，就只是因為有沒有附刀套，以及是否為日本製的差異。又是個奢侈不已的選擇。

如果是有在料理的人，把這種小菜刀運用自如似乎也很一般。

「我想姑且問問，付錢的人是……」

「當然是綾小路學長啊，討厭啦。」

這個我知道，可是總額一下子就破了一萬五千點。這樣的話，或許把現在用的便宜貨當成用完就要丟，或許就會比較好了。想到今後自己煮飯時能使用高級器具，勉強算是可以……

「啊，我剛才也說過這是我專用的，所以你平常不要使用並損耗喲。」

「妳是魔鬼嗎？」

她好像猜到了我的小氣想法，以討厭的形式先下手為強。

「不想的話，也可以放棄喲。」

她抓住購物籃的邊緣，說出這種帶有挑釁意味的話。

她把我這邊被掌握弱點無法拒絕當作理由，盡情利用我。

想到這是為了讓學力A的學生跟須藤搭檔，如果靠這些點數就能解決，就算相當便宜。我只能這樣看開了。

「不，我知道了。我會接受所有的條件，妳就不用客氣，買下喜歡的東西吧。」

「你覺得我是壞女人嗎？」

「沒有，沒這種事。」

天澤直盯著我，似懂非懂似的賊笑。

「這樣就好嘍，學長。」

又是鍋子，又是湯杓的，各種東西加在一起全都買齊了。

每個都是用「天澤專用」的可怕名義。

5

後來為了買齊作為主題的食材，也去逛了超市。

結果上來說，我花掉的個人點數大約是兩萬點。我當然是第一次如此大採購，雙手提著的塑膠袋重到會勒住手指。

天澤想到哪一步、從食材中察覺要製作什麼——我都完全無法縮小範圍。因為購物方式毫無遺漏，從蔬菜到肉、水果都有。

但也有一些菜色可以想像。其中代表的範例食材，就是魚露和辣椒。

不過，如果打算使用所有食材倒是還好，但她也可能會故意惡整，穿插假的食材。看見今天天澤的行為和言行，我不禁這麼懷疑。要在這個階段縮小範圍，實質上應該可以當作是不可能。

「好——這樣就萬無一失了。去你的房間吧？」

簡直像是女朋友接下來要到男朋友房間玩的感覺，但我根本不可能產生忘乎所以的心情。假如沒辦法做出讓天澤接受的料理，這次的事就會毫不留情地被她取消吧。而且，這還是個要做出美味料理的抽象課題。

如果這場考試她從一開始就不打算讓我合格，我就只會白白浪費點數和時間。可是，現在我也只能乖乖接受這種發展。

沒想到堀北剎那間的判斷會演變成這麼沉重又麻煩的事。

我以為只是材料費，所以就沒有討論這件事，不過之後我還是想跟堀北和須藤商量費用的事。

我把此事暫時擱在腦中一隅。

我為了盡量乖乖接受這個情況，決定試著向天澤提出原本想問的問題。

「說起來，妳想叫不認識的男人做飯給自己吃，還真奇怪耶。通常都會有強烈的抗拒感吧？」

雖然是我自作主張的想法，但這一般會讓人有強烈的抗拒感。

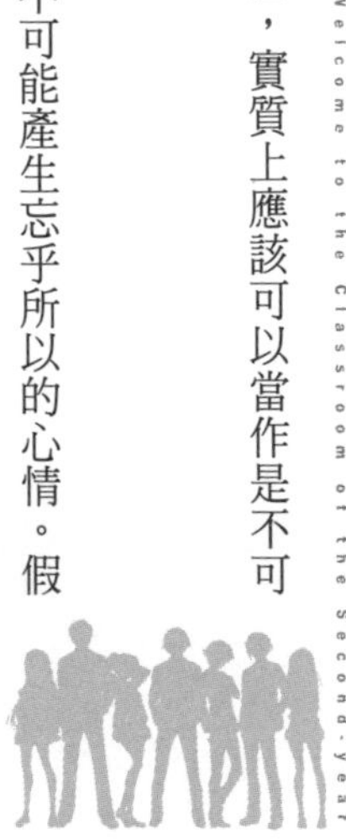

食物不是拿來看，而是要送入嘴裡、吞到胃裡的東西。

像是誰會如何製作之類的。味道是當然，不過衛生層面也會讓人在意。

慢慢了解對方後，才會產生信任關係並逐漸減少抗拒感——這樣才比較自然。

「是嗎？可是啊，在餐飲店吃的東西不是也差不多嗎？因為是不認識的人在廚房發揮煮菜的本事，所以我們也不會知道背地裡是怎樣吧？」

把學校的學生餐廳拿來舉例的話，我們確實不會知道具體上如何製作。

不過，兩件事只是表面上一樣，實則大有不同。

「就算是捏個飯糰，都會有徹底的衛生管理。應該完全不一樣吧？」

「是嗎？我倒是覺得叫人在旁邊做菜，這種環境可以看見各種狀況才比較好呢。對方是誰、露出什麼表情、用什麼動作做菜，我全都看得見。這樣才會知道對方有沒有顧慮衛生。反過來說，視店家而定，不是也有完全看不見廚房的地方嗎？也會有超級骯髒、蟲子出沒的不衛生店家吧？」

天澤打出她一貫的主張，表示如果可以親眼確認，即使製作者是不認識的男人也沒關係。

「再說，我覺得自己也隱約理解了這所學校的機制。萬一點數變成零的話，我就必須過上簡樸生活了吧？可是，如果學長你能幫我做菜，我就可以免除那種體驗了呢。」

原來如此，也就是如果這次的料理好吃，她不打算讓事情一次就結束。

目的是先確保緊急時刻的用餐地點。

這對我來說也是提昇廚藝的好機會，但她願意支付材料費嗎？

「看得出來了嗎？我的想法。」

「隱約吧。」

天澤露出潔白的牙齒笑著。

但如果說拜託二年級，而且對象又是男生，這是不是最佳選擇也會有所疑慮。我覺得拜託感情更好的同學或同性，以後各方面都比較輕鬆。

不過，就我們的立場來說，是多虧如此才得到好處，所以我也沒有不滿。

「但我對味道很挑剔，所以不好吃的話，這次就不算數嘍。」

「我知道，知道不是煮出菜就會抵達終點。」

雖然這件事門檻不低，但我也只能盡己所能。

這裡重要的就是堀北花一個晚上教我的烹飪指南。

在昨天答應了天澤的提議，之後的短暫期間內做的那些訓練，我究竟能活用到什麼程度呢？

可是，她應該也不是能輕易糊弄的對象。

從材料也能觀察到她充滿幹勁地要測試我的本領。

過沒多久，就抵達宿舍前面了。

天澤把手掌抵在眉毛上方遮陽，同時仰望宿舍。

「總覺得二年級的宿舍讓人有點緊張呢。」

天澤說出這種話，不過實在不像在緊張。

倒不如說，似乎是以普通要去玩的感覺樂在其中。

「啊，不過原來構造之類的完全一樣啊。」

天澤接著仔細觀察外觀以及張望大廳，然後做出了這番感想。

「這是當然的吧。」

我爽快地肯定，但其實自己從來沒去過其他年級的宿舍。

我跟一些別班學生擦身而過時，受到了一些關注。

因為這是把一年級的女孩子帶回來的狀態（手上還拿著食材之類的），所以也理所當然嗎？

天澤向擦身而過的學長姊輕輕揮手，可是這樣很醒目，真希望她別這樣。

在造成奇怪的謠言以前，我趕緊和天澤進了自己的房間。

「打擾了——啊，打掃得真確實，而且又很乾淨——」

「只是因為要招待學妹進來，所以昨晚先匆匆打掃過。」

為了不被發現昨天半夜在學習烹飪相關知識而先打掃過。

那麼——接下來的順序將會極為重要。

我把裝著食材跟廚房用品的袋子還有書包，先一併放在廚房前的地上，先進行用快煮壺煮熱水的工作。我跟她一起前往客廳，然後催她坐下。

我也可以讓她坐在看不見廚房的位置，不過我刻意不這麼做。

先讓她坐在可以從側面看見我的模樣的位置很重要。

「我去泡咖啡。想看電視的話，要看也沒關係。」

「謝謝你，學長。」

然後我用花了幾分鐘煮好的熱水沖咖啡，叫她等我。

天澤拿起我先放在桌上的遙控器，隨便轉了一台。

雖然不是必然會發生，但假如她能製造些聲音，這對我來說也是一個有利的因素。

誘導她先看電視、先把遙控器放在附近，真是個正確答案呢。

我接著前往廚房，在動作上強調自己要快點開工。如果她貿然過來，想在旁邊監視，那我就必須阻止了，但她似乎再怎麼樣都沒做出這種事。

「啊，用手機查是犯規的喲。」

她看著我這邊，這麼警告。

「真嚴格，我覺得現在煮菜時多半都會一邊查資料。」

「你沒自信嗎？」

「不是這樣。」

「那就好呢。我覺得所謂的會做菜，就是已經把食譜記在腦海裡的人。」

她昨天的階段沒跟我說明，不過我還是乖乖聽話。

這點要求已經都在我的計算之內了。

「那麼，我先把手機放在床上。」

我把充電線插上手機，把手機擺在床上。

天澤見狀，就心滿意足地點頭，拿起咖啡杯。

「我想要在時間太晚之前趕快開始。我要做的料理是什麼？」

「那我就公布嘍——我要學長做的料理——就是冬蔭功！」

「冬蔭功……是嗎？」

一般認為泰式料理不可或缺的魚露和辣椒，好像就是為了這個。

「你做得出來嗎——？麻煩你嘍，學長～！」

天澤出的料理題目是「冬蔭功」。

我當然從來沒做過。

不只聽起來很陌生，連吃都沒吃過。

White Room裡端出的食物，也沒出現過這種料理。

我在電視上看過這在女性間很受歡迎，但也就只有這點程度的知識。

假如現在開始只憑實力製作，應該沒辦法好好完成。

不僅不知具體食材，連步驟都摸不著頭緒。

那麼，我昨晚臨時抱佛腳，究竟又做了什麼呢？

我沒有做出記下古今中外料理食譜的這種魯莽行為。

我也沒有精通經典料理。

在天澤也可能同意我看食譜的情況下撥時間背食譜，一點意義也沒有。

決定要下廚招待她之後，堀北就射了兩支箭。

第一支箭，就是菜刀等工具的基本用法，以及基本技術。

切片、切絲、切形狀、切碎。

我撥出最多時間練習明顯會讓人發現自己本事的部分。

即使如此，當然還是無法演出專家的本領。

完全是作為普通人誇口說擅長烹飪也不會害羞的水準。

一般人不可能半天就精通，但我對於學習技術的速度很有自信。

至少可以到達每個星期會煮好幾次飯的能力領域。

這是沒有騰出任何一秒給食譜、做法才有的成果。

但這麼一來，我當然不可能會知道她出的料理題目的做法。所以，現在就輪到她準備的第二支箭出場了。那就是利用手機即時確認食譜的方法。但是我被天澤禁止看手機，我的手機又在床上當人質。

就算把平板那種東西準備好藏著，我也沒有空檔可以看。

事實上，天澤會不時看過來監視我。這也全都在計算之中。我從對天澤來說是死角的右側口袋，拿出了某個不到兩公分的東西。

我把乍看之下像是耳塞的東西，塞入天澤看不見的右側耳朵。

然後做出作為暗號的行為——稍微清喉嚨。

於是——

『我有確實聽見對話內容。沒想到她居然是叫你做冬蔭功。』

塞在右耳的小型藍芽耳機傳來了堀北的聲音。

這是堀北處於能在自己房間自由操作電腦的狀態，並透過她讓我及時聽見烹飪方式的戰略。擺在我腳邊的書包，裡頭放著須藤的手機。然後，這個藍芽耳機的聲音是從須藤的那支手機撥放出的。我在去購物之前，就先跟堀北設定在通話狀態了。

我在櫸樹購物中心裡購物的期間，堀北已回到宿舍中做好了萬全的準備。

這個藍芽耳機，也是在昨天就先買好的東西。

萬一坐著的天澤站起來，做出要來我這邊的舉止，我也只要在假裝抓頭的同時把藍芽耳機收回口袋裡。對方在監視我，代表我同樣處在可以監視對方的狀態。

這樣我煮菜就可以不用煩惱食譜了。假如堀北的步驟說明太快，或是想要再聽一次說明時，為此我們也有先決定好幾個暗號。

但即使如此，這裡開始跟堀北的合作就會至關重要。

就算知道要使用的食材或器具，我也沒有關於視覺上的資訊。

我必須順利煮出這道名為冬蔭功，彷彿蒙上了一層霧的料理。

這會考驗她如何只靠對話具體地給出指示，以及我能否重現那些指示。

『對了，我有事要你先跟天澤同學確認。』

我把透過耳機聽見的堀北的疑問轉達給她。

「天澤，冬蔭功不需要攪拌器，也不需要使用削皮刀。如果除了冬蔭功，還有其他東西要叫我做，我希望現在就先問清楚。」

之後提出追加菜色的話會很麻煩，所以我按照指示先詢問。

「我原本想之後再麻煩你啦。我還想叫你削蘋果。」

就跟我們這邊的推測一樣，天澤似乎打算待會兒追加點餐。

「多出的食材，就請學長等等津津有味地享用吧。還有，不會用到的道具，我之後來玩的時

候會再請你使用——」

原本讓人懷疑會不會用到的削皮刀似乎有用途，但有部分要暫時收起來。

『先確認是對的呢。昨天我有教你水果刀的用法，你做得到吧？』

不知道短時間內學到的技術能通用到哪裡，不過大概沒問題。

『烹調時間要以十五分鐘到三十分鐘為目標，可以吧？』

好啦——我能順利煮到什麼程度呢？

6

稍微超出了預計時間，但冬蔭功大致上還是有按照指示成功煮出來。

招待天澤這份親手完成的菜餚的時刻到來了。

想不到要煮菜招待才認識沒多久的人，而且對方又是個女生。

我把冬蔭功擺在桌上，隨後又去把蘋果拿了過來。

應該有必要在天澤面前展現自己能使用削皮刀的樣子。

「我平常用菜刀削皮，所以可能反而會用不習慣——」

我姑且做出這種開場白，挑戰削蘋果皮。

「哇——好厲害好厲害，確實完成了呢。刀工合格。」

雖然沒有到匹敵專業的程度，但起碼沒有像是第一次碰刀的那種糟糕表現。

接著進一步擺盤切好的蘋果。

「對了，說到冬蔭功，就會有種要加香菜的印象。妳不喜歡香菜嗎？」

今天買的食材裡不含香菜。

「喜歡啊。可是，我覺得要是買了香菜，要做冬蔭功就會露餡。」

她似乎是有所提防才故意拿掉香菜。果然有為了不讓我做出什麼小伎倆而使出對策。可以理解是為了不讓我有機可乘，但這實在很超過。

「我可以先開始收拾嗎？」

我把切蘋果使用的削皮刀跟砧板拿回廚房，順便這麼問。

「不行不行，你要好好坐在這裡等待評審的判定喲。」

她這樣說，要求我坐在她眼前。

我也不能反抗，在聽從指示放棄整理後，就從廚房再次走向客廳。

「那麼我就開動嘍——」

她把熱騰騰的冬蔭功慢慢送入嘴裡。

即使被人看見進食的模樣，也完全不覺得抗拒。

說來我也跟天澤一樣，是不會抗拒這部分的人。

後來，慢慢吃完的天澤心滿意足地雙手合十。

「謝謝招待。」

她吃得很乾淨，不是食量小的人。

好啦……雖然試過味道，可是我連是不是正確的味道都不曉得。

雖然比例之類的完全沒有弄錯，所以我覺得沒問題。

即使如此，要是天澤不接受的話，這場戰鬥就會就此結束。

以我方敗北的形式告終。

「學長的冬蔭功——」

天澤讓我等了一下，接著做出判斷。

「嗯，算是及格邊緣吧。沒有特別好吃，不過是能讓人覺得再吃也沒問題的味道喲。」

這是合格還是不合格？——她沒有立刻提到我在意的部分。

「總之，這個我就去整理嘍。」

天澤這樣說完，就拿著原本裝著冬蔭功的容器跟湯匙之類的前往廚房。

不知為何不只是整理餐具，她還開始正式的打掃。

「我會整理。」

「沒關係沒關係，是我硬要你煮飯，這點事就讓我做吧。學長你就坐著慢慢休息。我平常完全不煮飯，但相對地會以打掃替媽媽做點貢獻，所以我擅長這些事呢。」

「那我就恭敬不如從命。對了，關於結果——所以是怎麼樣呢？」

著手整理的天澤短暫沉默。

室內只有響著電視傳來的傍晚新聞聲。

「我想想——是時候公布了呢，真猶豫啊。」

天澤表現出這麼思考的舉止，同時好像不喜歡自己右側緞帶的位置，於是把自己手機螢幕的反射當作鏡子利用，拆下來開始重綁。

不久，天澤就在緞帶重綁完的同時給出總評。

「我剛才也稍微說過，你的分數合格。手藝不錯，味道也不錯呢。」

「這樣才只有及格嗎，真嚴格啊。」

「因為我對料理很挑剔呢——」

天澤這麼說，往我這邊看一眼，然後笑了出來。

「今後我是否會來這裡吃飯，就要看學長的努力。」

意思就是說，這不是她會頻繁過來叫我煮飯給她吃的水準。

就像她評價這是及格分數一樣，這下子會很嚴苛吧？

「那麼，須藤那件事就是不合格了嗎？」

我有點顧忌主動深究，但還是決定提問。

「雖然不能說是合格，但畢竟你是真的會做菜。讓你買了各種昂貴物品，要你讓我免費吃飯

——我相對地必須回禮呢。看在這次學長很努力的份上，我會跟須藤學長搭檔。」

雖然好像不到很滿意，但天澤還是以最低限度暫且同意了。

在開始覺得或許有點難以成功時聽見的好消息，讓我暫且放下心。

「再一下就收好了，等一下喲。」

我也不能盯著她努力整理的模樣，所以就決定乖乖地一邊看電視播出的新聞，一邊等她。

天澤似乎很滿意地完成了整理，過不久就回來了。接著立刻讓我看手機畫面，同時開始操作，並且對須藤申請搭檔。這樣如果今天之內須藤應對的話，契約就會確實成立。

「現在須藤正在參加社團活動，我之後再請他同意。這樣可以嗎？」

這當然是真的，不過實際上拿著手機的是我，所以無法立刻操作。

「完全沒問題。那麼，時間太晚也不好，我回去嘍。再見啦，綾小路學長。」

進行得很順利，天澤為了回去而走向玄關。

「天澤，謝謝妳願意跟須藤組隊。堀北還有須藤都因為妳而得救了。」

「可以喔可以喔——你可以盡量感謝我喲——」

天澤穿著鞋，以輕浮的感覺回話。

「有件事我想不抱希望地姑且問問……」

我打算說出內容時，穿好鞋子的天澤回過頭。

「你想拜託我當A班的仲介、橋梁般的角色嗎？」

A班以及獲得學力A的人，可不是虛有其表。

基本上腦筋轉得快，對於自己的發言內容也沒有猶豫。

「就是這樣呢。我們D班也有不少學生像須藤那樣在尋找搭檔上很傷腦筋。要是可以請妳介紹任何一位願意合作的學生，都會幫上大忙。」

「抱歉——應該沒辦法。」

她輕輕雙手合十，向我道歉。我的要求沒兩下就被天澤拒絕了。

「啊，這不是綾小路學長和堀北學姊的錯喲，畢竟我也開始覺得你們能夠信任。可是，因為我本身跟同學不是很要好。昨天見到學長姊你們的時候，我也是一個人，對吧？」

「這麼說來是沒錯呢。」

在當時許多學生都跟朋友前往櫸樹購物中心的情況下，天澤是獨自一人。

「該說是我心思不細膩嗎？我會不留情面地脫口說出想說的話，這種個性很難交到朋友，所以幫不上忙。抱歉啊。」

「不會，妳光是願意和須藤搭檔，我就心滿意足了。有什麼傷腦筋的事，就來拜託我吧。說不定會有某些幫得上忙的地方。」

「嗯，謝謝。那麼，再見嘍～拜拜——」

雖然沒成功跟A班產生聯繫，但我就暫時當作足夠了吧。

「總算是告個段落了呢。」

我把須藤的手機上就這樣接著的通話掛斷，然後拿自己的手機撥給堀北。

『辛苦了，好像算是順利進行了呢。』

堀北一接起電話，就慰勞了我。

「感覺是因為天澤體貼的判斷才得救。」

『即使如此，須藤同學的問題還是因此解決了。這是重大的成果呢。』

雖然使用犯規手段，對天澤很抱歉，但對我這邊來說真是幫了大忙。

接著只要須藤來我房間拿手機，並在還他手機的時間點接受申請。

時間上來說，他也差不多要過來了。

『你為什麼要嘗試拜託天澤同學擔任一年A班的橋梁？先不論她的個性或朋友數量，如果對象是我們二年D班，不是可以想像談判會很困難嗎？』

堀北在這次特別考試的攻略上沒說要攻下一年A班。

理由完全在於建立合作關係的難度。

「那是形式上呢。我們二年D班尋找搭檔很辛苦是事實，沒說出這部分才不自然。」

完全無計可施，就會抱著什麼都姑且一試的想法提出。

沒有這種想法，就會被當成因為我們正在推行其他戰略。

『總之……就是你不想被她發現——我們一開始就放棄攻略整個一年A班，只有瞄準一年B班和一年D班嗎？』

事實上堀北就是把那兩班放在心上，完全不考慮利用天澤攻略A班。她認為這是天上掉下來的禮物，最初就決定只要她能跟須藤組隊就好。

「我們完全不了解那傢伙——天澤是怎樣的人。就是因為這樣，今天的事也可能走漏給一年級的其他班級或是整個二年級。我是考慮到這點。雖然說不定是杞人憂天啦。」

聽著這番話的堀北，陷入短暫的沉默。

「怎麼了？」

『你的思考方式……該怎麼說？考慮得非常詳細，很聰明。』

「這沒什麼吧？」

『不，這很不得了喔。經人一說就會很理所當然的事，但是否能一開始就想到那一步則另當

別論。總覺得有點明白哥哥注意你的理由了。不過，你至今為止應該不會把這麼具體的想法告訴我。這是為什麼？』

堀北很在意能視為改變心意的行動，而提出疑問。

「我沒有其他用意。接著就是其餘學生的問題了。七瀨有來聯絡的話，我會告訴妳。」

『是嗎，也是呢。我會等你的。』

我結束跟堀北的通話，姑且確認廚房的狀況。

收拾過的廚房。不只該洗的都洗好了，水槽也都有仔細刷過，這是不輸給一年前剛到這個房間時的狀態。用過的砧板、盤子、菜刀、削皮刀、鍋子和湯杓之類的物品都收納得很整潔。真是無可挑剔。

雖然說是堀北主導的提議，但這也是我第一次接觸一年級生。如果天澤是White Room的人，就算做出什麼也不奇怪，但我沒看見那種跡象。

雖然對我這邊來說，我也非常提防她……

以言行為首，她具備高中生理所當然要有的知識，沒有問題。

剛離開White Room就要展現天澤那種態度，應該很困難。

「最重要的是天澤要跟須藤搭檔，所以她是White Room學生的可能性似乎就會消失。」

包括其他已經決定搭檔的一年級生在內，如果以現有的資訊判斷，就會是這樣。不對，不管對什麼人，得出這種答案都太操之過急。

通常會認為跟我搭擋，才是最快讓我退學的門票。就算這麼說，戰略也不一定就會是那一個。她也有可能故意放掉大餌，觀察其他機會。

身為高中生的知識無法一朝一夕就掌握，但只要有時間的話就另當別論。

再說天澤的言行舉止中，也不是沒有令人在意的地方。

這或許不需要留意，但我最好還是先摧毀一切不安要素。

這件事不限於天澤。感覺今後會接觸的寶泉和七瀨也一樣。在人數眾多的二年級生當中，那兩人最先跟我對上視線。

近距離接觸過的學生，不管有沒有說過話，所有人我都應該懷疑。

畢竟現在開始我也要踏入尋找搭檔人選的危險領域。

然後，我在這晚收到了七瀨的聯絡訊息。

她說「明天放學後可以見面」。

7

同一天。當綾小路在為天澤下廚時，櫸樹購物中心的咖啡廳裡——

二年A班的坂柳、神室，以及鬼頭聚在那裡討論。

「又來了。我們搭過話的學生好像又收到了C班的邀約。而且還提議回絕A班的邀約，就可以無條件拿到一萬點。」

手機上收到橋本聯絡的神室向坂柳報告。

「光是決定不跟我們搭檔就要提出一萬，這豈不是很蠢嗎？」

神室進一步收到了橋本的追加資訊。

橋本說他們還提出這種條件——和一年C班聯手就會有訂金十萬。確認考試上有順利拿下五百零一分，就會進一步提供十萬，總計二十萬點的個人點數。

「呵呵，看來龍園同學要徹底地挑戰我呢。」

「妳打算怎麼做？我們也要提供點數應戰嗎？」

「如果是財力上的比賽，我們不會輸。不過，妳不覺得利用相同的戰略獲勝會少了點意思嗎？」

「少了點意思……不管十萬還是二十萬，有必要的話，就該讓他們得到吧？一年級生顯然也認為可以獲得點數的好處很大吧？」

考試是一年級占優勢的這點已經傳開，正在形成資優生得到點數，就會「大發慈悲跟人組隊」的關係圖。

面對這麼忠告的神室，坂柳只是微笑，沒有表示贊同。

「輸給龍園也無所謂嗎？」

「我們跟龍園同學的班級，原本在綜合學力上就有很大的差距。他要借助一年級生的力量超越我們，就必須拉攏相當多的人數。就算執行這件事，他的勝利也並非必然。」

「或許是這樣。可是，我們也不是絕對就能贏吧？」

「是啊。假如龍園同學盡力聚集相當於學力A的學生，這樣他才總算會有機會和我們不相上下，不是嗎？我們什麼都不做，勝率也會確定有五成。」

不過反過來看，兩次裡就可能會輸掉一次。

神室不是自己想贏才氣焰高漲。

因為她無法想像坐在眼前的坂柳會這樣什麼也不做。

「假如我們說要提出相同點數，妳覺得會變得怎麼樣？」

「變得怎麼樣？龍園當然會加碼吧？」

「是啊。應該會二十萬、三十萬地漲價上去。」

「但這樣可以確實地把聰明學生變成我們的人。」

「為了這樣所失去的代價會是龐大的點數額。我們不用特地背上失去幾百萬點的風險。妳不

這麼認為嗎？」

「意思是就算我們提出的點數比較少，爭奪學生上也可以獲勝嗎？我不認為一年級生懂A班的品牌力量呢。」

神室不肯罷休，但坂柳完全沒有要比財力的跡象。

「我很清楚龍園同學想要在班級總分上拿下第一。他去年和葛城同學合作，並偏重現金主義，現在和當時相比，他似乎完全切換了方針。」

「他之前打算自己存下兩千萬點並且獲勝吧？」

「他心裡大概產生了很大的變化。他發現班級點數的重要性。不對，應該說是為了讓班級勝利而改變了航向。」

目前坂柳和龍園在這場特別考試上沒有面對面說過話。

可是，看起來簡直是兩人在對話、互丟戰略。

「這樣……就可以了吧？不提供個人點數。」

「哎呀，真澄同學，我沒說過半句不提供點數喲。」

「咦？但妳剛才有說用點數比賽會少了點意思，還是什麼的。」

「請告訴一年級生，說我們打算準備跟龍園同學一樣的點數。」

對於坂柳的費解指令，神室緊緊抿起嘴。

「不過──就算一年級生因此同意，也不要結下搭檔的契約。」

「啊？那是怎樣，我真的搞不懂耶。」

「呵呵，龍園同學，倒不如說你的戰略對我而言很剛好呢。」

「我不懂這到底是怎樣……」

『有什麼關係？既然公主大人說不需要，我們也只要見識她的本領就好。』

透過電話聽著兩人對話的橋本，覺得很有意思地說。

「……是可以。」

坂柳的這種談妥點數也刻意不讓搭檔決定下來的指示。

她在神室無法理解的情況中，再次向橋本傳達這種意圖。

坂柳疼惜神室似的凝視她，稍微反省自己太壞心眼了。

她就像是在給提示，開始說明。

「龍園同學的大規模收買戰略，本身不是件壞事。藉著故意到處放話，成功強制讓我參加金錢遊戲。不過，他就像在跟我們競爭，一直徹底瞄準相同學生的戰略，明顯是個失策。綜合能力不如人的C班，應該要先瞄準眼前的高學力的學生。」

不過，龍園沒這麼做，而是打算對這些人出手──將來A班可能會需要的擁有除了學力以外的能力的學生。

「意思是那傢伙存了相當多的個人點數？」

「不知道耶。就算他擁有最低限度的點數，實際能動用的點數可能也沒那麼多喲。」

「不對，這樣很奇怪吧？不是因為有點數才能提議收買嗎？」

「如果只是提議，身無分文也辦得到。因為只要假裝手頭有錢就好了。」

神室無法馬上理解龍園做這種事會有什麼好處。

「沒有龍園同學在的話，我們光是靠A班的品牌，就可以拉攏很多有才能的一年級生。不過，他卻藉由提出收買，把金錢遊戲也強加在我們身上。那他接下來要做的是什麼呢？——就是抬高價格，盡量讓我們A班用掉鉅額的點數。」

「是嗎……原來是這樣啊。」

就算結果上會被A班搶走有能力的學生，但花費不是十萬而會是二十萬、不是二十萬而會是三十萬——能讓A班向一年級支付這些個人點數，就二年級生的戰鬥來說才有利。

「可是，目前我們不是很不利嗎？那傢伙的拉攏接連成功了。」

「現在不是著急的階段。只是幾個人被龍園同學收買而已。我必須多少給他一點面子。不過他看錯了好幾個地方——就是認為我們擁有的A班品牌力只是一時之物，是讓我們喪失信譽就會毀掉的東西。還有誤以為只要給錢的話，不管要多少都能準備幫手。」

「雖然搞不太懂，不過只要照剛才的指示做就可以了，對吧？」

「對，目前這樣就很足夠了。」

「總覺得很不服氣呢，有種被迫奉陪龍園戰略的感覺。如果就這樣拖到下個階段，我們這邊也不知道會變得怎麼樣。」

「請放心。不會變成那樣的喲。這場比賽我們一定會獲勝。」

坂柳又給了神室無法理解的答案，她理解跟不上而嘆了氣。

「現階段就讓大腦全速運轉也沒意義，所以別被龍園同學耍得團團轉。這場特別考試只是前哨戰。是彼此牽制、互相試探對方想法的狀態。」

「我已經放棄理解了。」

「不過……可以的話，真希望他不要以自我毀滅收場呢。如果輕易地定出結果，會很沒意思。」

坂柳凝視窗外，祈禱前來的敵人是值得一戰的對手。

8

坂柳與神室對話的同一天，接著的兩小時之後。

龍園在一間卡拉ＯＫ包廂裡跟石崎、伊吹待在一起。

「用二十萬釣到的一年Ｂ班學生似乎來提出了保留，龍園同學。」

在電話上聽見指示的石崎向龍園報告。

「為什麼啊？意思是二十萬無法接受嗎？」

「不是，好像是坂柳也說要提出同額的點數……」

「意思就是對方也不想輸給我們呢，這場比賽繼續打下去能贏嗎？這樣很不利耶。」

「我認為Ａ班也擁有相當多的個人點數。我想應該相當不利……」

就算聽見這樣的報告，龍園也只是滑著手機，沒有著急的模樣。

「龍、龍園同學？」

「冷靜。他們的目的，我全都知道。」

他的目光投向空的玻璃杯，於是石崎急忙倒入新的水。

「你去跟他說，我們出訂金十萬，考試後出二十萬。」

「真、真的嗎？」

合計三十萬。這樣就會動用更大筆的點數。

「反正就算這樣，多數一年級生也不會做出決定。他們會期待坂柳加碼呢。」

「這樣等著我們的，不就是自我毀滅的結局嗎？」

資金短缺的話，就會無計可施。

「跟坂柳競爭果然有困難吧……在這邊切換成瞄準第二名會比較好……」

「我也這麼認為呢。假如變成相同點數的比賽，我們就會在品牌上輸掉吧。」

聽見石崎和伊吹的這番分析，龍園笑了出來。

「哈，坂柳那傢伙大概已經是一臉因為勝利而得意的表情。」

「這只是因為你的做法被識破吧？就算在個人點數上打出漂亮的一仗，我們還是有品牌上的差距。」

「什麼A班品牌，就只是僅限於現在的裝飾。那些對品牌越驕傲的人，在潰敗時失去的信任就會越是無可計量。」

「就算是這樣，那點數該怎麼辦呢？如果漲到三十萬、四十萬，可是會很不得了。不可能叫大家支付。」

「不需要付錢，這次我不打算跟無止盡要求點數的傢伙合作。」

「……咦？」

「這次我打算做的不是那種事。這個階段是在調查今年的一年級有怎樣的人。雖說有錢能使鬼推磨，只要送出鉅款就會合作的話，就表示是隨時都能拉為夥伴的人。真的要請對方幫忙時，只要出錢就會解決。重要的是憑直覺理解其他事情的那些人。」

「對不起，我完全搞不懂耶……」

「坂柳那傢伙大概認為我是瞄準總分第一名，但我一開始就不打算撿起連零用錢都算不上的班級點數。要置A班於死地，只能等待班級點數會更加大幅增減的時機。」

「那麼，你做這些只是為了確認對方是不是會因為鉅款而轉向的人嗎？」

「可以用點數讓人上鉤的這點，從一開始就很顯而易見。不過，已經有學生和我們班搭檔了。你們認為那些人為什麼要跟C班聯手？」

「咦……話說回來，這是為什麼呢？」

一開始提出的點數額是訂金五萬，考試結束之後五萬。

儘管提出的點數一定不算太高，但已經有好幾個人和C班合作了。

「你在結下搭檔契約前，一定會跟他們一對一見面……那算威脅之類的嗎？」

「嗯，稍微威脅一下也算正確答案啦。」

雖然被三十萬、四十萬這種鉅款引誘，但最後還是在龍園的面試中屈服。

結果雙方合意下要支付的點數，是遠比表面上還要低的數目。

「我是在審核那些一年級，能否理解我比坂柳更優秀。」

挑選不會只被點數或品牌束縛，並可以在本能上看透獲勝班級的人。

這才是龍園翔在這場特別考試上真正追求的東西。

他這一年看準的目標，就是在遙遠的將來拉下坂柳他們A班。

D班與D班

週末將至的星期四。放學後，我帶著堀北移動前往圖書館。

因為今天要在那裡跟七瀨帶來的一年D班學生進行討論。

移動途中，我跟堀北聊了特別考試的話題。

「你有沒有看過今天的更新？」

「決定搭檔的有十七組。這樣就是合計七十三組了呢。」

有幾組本身不值得那麼在意，但有一個地方跟過去兩次更新不相同。

就是一年D班的學生，有兩人決定了搭檔。

這是在目前三天都沒有動作的D班身上可以看見的活動徵兆。

「我有點著急呢，因為以為寶泉同學會再觀察一下情況。我在午休時跟好幾名一年D班的學生簡單聊過，卻被隨便敷衍了，說是對於決定搭檔的學生一無所知呢。」

「是真的不知道，還是被下了封口令，這實在很難說呢。」

沒拿到大筆點數就不要組隊，而且也不要洩漏出去——就算他對聰明的學生說出這些話也不足為奇。

「是啊。總之，決定待會兒要跟七瀨同學見面是好消息。如果是那女孩，關於這件事說不定也可以問問。」

堀北只接觸過一次，從來沒有和七瀨好好說過話。

但站在寶泉身旁的七瀨，作為一個看起來可以溝通的學生，還是很有存在感。

我自己跟七瀨說話時，也強烈感受到她坦率的形象。

總覺得她會讓人聯想到一之瀨，是個性格直率的人。

我們抵達圖書館，踏入室內。

「哎呀，真是稀客呢。」

最先迎接我們的不是七瀨，而是二年C班的椎名日和。

身為書蟲的她，似乎一放學就立刻來到了這裡。

「今天可能會有點吵，我們要跟一年級生商量特別考試的事。」

「這樣啊。如果是這樣的話，我想最裡面的邊緣位子會是最好的。不太會造成使用者的困擾，而且如果是稍微談談的話，我想應該沒問題。就算有人打算靠近，也可以馬上察覺。」

我們決定坦率接受日和親切告訴我們的建議。

「C班那邊順利嗎？」

「我想想，目前，我們算是有各種動作吧。」

正因為是互相競爭的班級，她的難處就是無法輕易把內部情況告訴我。我們只有簡單聊幾句，就和日和道別，先抵達的我們決定先行就坐。我有點在意日和那邊，但還是跟堀北前往深處的位子。

「七瀨同學就姑且不論，但跟一年D班扯上關係時，寶泉同學會如何出招才是問題呢。」

「是啊。根據他會不會出現，狀況好像也會有很大的變化。」

由於我們沒有給任何限制，她未必不會把寶泉帶來。

這麼一來，就會毫無事前準備，並正式進行重大談判。

「正式討論開始前，能讓我問一下嗎？你有在念書嗎？」

「算是有在慢慢念呢。怎麼了嗎？」

「我能縮小科目範圍，這個狀況是我占優勢，我很在意你能不能確實騰出時間念書。」

「幹嘛？妳要對敵人雪中送炭？」

「怎麼可能？我沒有溫柔到放棄對自己有利的條件。畢竟這是必須勝利的比賽。」

即使如此，她還是很在意我有沒有好好念書。

換句話說，就是在擔心我會不會說出「應對特別考試很忙，沒有時間念書」的藉口。

「妳那邊才是，為了統籌二年D班，在時間各方面上都被削減了吧。」

「我都有在念書，沒有任何問題。」

她對於每天累積的部分好像很有自信。

「放心吧，我不打算輸。」

「是這樣就好……」

我在這種奇怪的地方實在是很沒信用，所以不像是有在認真應考。

我也想問一件與此有關的事。對堀北而言，像是統籌班級的作業，加上自己要念書，還有負責教人念書之類的，她必須做的事很多。當我打算問她能否直到當天都保持這個步調，七瀨就獨自出現在圖書館。她很快地發現我們，在遠處低頭致意後，便往這邊靠過來。寶泉不會在第一次的討論上現身。

「久等了，學長、學姊。」

「我們也剛來。」

堀北讓七瀨坐在對面的位子後，討論就從簡短的寒暄拉開了序幕。

「我要再次自我介紹……我是堀北鈴音。謝謝妳為了今天的討論安排時間。」

「本人……不對——我叫七瀨翼。我沒有做出任何值得被學長姊們答謝的事。倒不如說，我才必須道謝。」

我們同為D班，從雙方都很客氣的氣氛開啟討論。

堀北再次聽見這段規矩的對答，心想如果對象是七瀨就沒問題，於是立刻切入正題。

「事不宜遲，可以讓我提問嗎？」

「當然。」

「首先作為大前提，妳要告訴我一年D班的方針。你們班今天才初次有兩名學生確定了搭檔，但剩下三十八人的去向依然沒有定下來。妳也是其中之一呢，七瀨同學。」

雖然不知道是寶泉還是其他的D班學生，但很明顯是某種意志在發揮作用。

「是啊。我就覺得會被妳問到這點，妳今天也向梶原同學丟出了一樣的問題，對吧？」

梶原也是隸屬一年D班的學生。七瀨似乎已經掌握到堀北在午休時接觸過一年D班學生。這樣的話，第一天跟白鳥他們接觸過的事，最好也先當作已經被她掌握到了。

「真是驚訝呢。你們好像有確實辦到報告、聯絡、討論。」

「多數學生都已經在按照寶泉同學的指示行動。」

七瀨沒有含糊其辭，承認是寶泉在主導。

「是因為他的態度強硬嗎？不對，我無法想像只是這樣。他究竟使出了什麼手段？」

七瀨稍作思考，接著這麼開口：

「非常不好意思，我無法回答具體的方式。那是寶泉同學為了統整班級而想到的方法。雖然不知道是對是錯，但把這點洩漏給外人，就會是背叛的行為。」

「是啊。妳是對的呢。」

「謝謝妳。」對於堀北這句話，七瀨這麼說完輕輕低頭。就算對象是學姊，也不是必須無所不言。就像七瀨昨天對我做的那樣，她作為一年D班的夥伴擁有很確實的想法與意志。

「既然這樣，我要談正題了。就像昨天決定搭檔的兩人那樣，我能認為我們也可以和一年D班組隊嗎？」

「我想妳也從白鳥同學那邊聽說了，窗口本身一直是開著的。因為如果提出一定以上的個人點數，就算毫不猶豫地作為搭檔定下契約也沒關係。」

我們跟白鳥他們的事情，果然也洩漏到寶泉那邊了嗎？

從這裡推測，一年D班決定搭檔的兩人有被支付了高額的點數。

「但我今天要拜託妳的，跟付出點數請你們結下契約是不一樣。」

「我知道。我從綾小路學長那邊簡單聽說過了，就是把不放心學力的學生，以互補的形式建立合作關係，對吧？」

「對。妳理解後還願意來討論，意思就是我們也有談判的餘地吧？」

「有——我是這麼希望的。」

七瀨的表情在此蒙上一層陰霾，然後這麼繼續說：

「寶泉同學想法的基礎，帶有徹底的個人主義，而他正在強行執行這點。這樣下去，學力低

的學生就會找不到搭檔，而被剩下來。如果只是三個月得不到個人點數，還不是什麼大問題，但我怕他們會被評為找不到搭檔的學生。不對，這可能也不是什麼問題……我真正不願意的是今後也會以個人主義優先，導致班級沒辦法統整起來。」

堀北聽見七瀨的話，在腦中預測一年D班今後會發生的事。

「是啊。如果沒人幫助班級的狀況持續下去，當然就會加速個人主義的戰鬥。假如任何人都不願意幫忙，就只能靠自己的力量想辦法。如果這種狀況定型，之後就算有人尋求幫助，也不會出現幫手。即使面對班上要團結一致戰鬥的考試，大概也不會變成能戰鬥的狀態吧。」

正因如此，七瀨為了避免這樣，才會以自己的判斷參加跟堀北的談判。

「妳不害怕寶泉同學嗎？」

「是的。」

她毫不遲疑地立刻回答。然後，目前都沒怎麼看向我的七瀨，往我這裡看過來。跟她目前曾經對我露出兩次的那種眼神是一樣的。我問到類似的問題時，她也說過「不會屈服於暴力」呢。雖然不是沒有令人在意之處，但為了把一年D班拉為夥伴，七瀨或許就是唯一的人才了。

如果這是偶然的邂逅，我還真想坦率地感謝她。

「那麼，我要問稍微深入的問題。現在一年D班大概有多少學生在尋找搭檔上感到辛苦呢？不論學力如何，請妳在知道且可以回答的範圍內告訴我。」

在ＯＡＡ程式上，雖然可以知道誰是還沒決定搭檔的學生，但當然不會知道對方是否有可能找到搭檔。

只有這點，是必須直接向該班的相關人士詢問並掌握的部分。

「我認為目前有將近十五名學生很難靠自己的力量找到夥伴。」

「十五個人……比我想得還要多呢。」

不過二年Ｄ班也有很多學生還沒讓搭檔決定下來。

如果好好思考組合，也有可以攜手合作的餘地。

「七瀨同學，如果允許的話，就我的立場來說，我想跟你們締結一份大型契約。」

「大型契約……是嗎？」

「我希望可以跟妳決定十五組的搭檔，一起解決這件事。不管學力是Ｅ還是Ａ，都完全不需要條件。這裡當然也不會有點數的關係。這會是幫助該幫助的人的對等合作關係。」

總之，意思就是互相扶持。

透過彼此借貸，就不會產生多餘的點數或情感。

這份契約光是成立，應該就會大幅降低出現退學者的機率。

但堀北跟七瀨都很清楚不是那麼單純的事。

「雖然這件事是在這份契約可以締結的大前提之下，但我不保證可以救到妳班上學力Ｅ附近

的人們。我這邊找不到搭檔而傷腦筋的大部分學生都集中在D或C。」

假如最高學力是C+，讓他們跟學力E的學生搭檔，不論如何都會留下很大的風險。我方可說是幾乎沒辦法得到好處。

「為了不變成這樣，無論如何都需要請妳努力呢。」

「說得也是呢。這樣的話，我認為契約果然還是無法輕易執行。」

七瀨不否認，而是承認。

「寶泉同學絕對不會同意無償的幫忙。尤其是現在。」

二年A班從入學時就維持很高的班級點數，存下了寬裕的資金。雖然C班為了救龍園而吐出了高額點數，但因為他們和A班的契約，目前處在不斷有穩定資金供應的狀態。同學們應該也有一定的存款。考慮到這樣的兩班以高額點數爭奪學生的現狀，盡量硬是以高額賣出會再好不過。

寶泉的想法、方針，本身可說是正確的。

但就算要定出高價，一年D班也確實比別班還要貴。

這跟決定搭檔的學生之少，也會成比例。

「即使這樣對班上有益也一樣嗎？這對他來說應該沒有任何壞處。」

因為出現無法組隊的學生，得不到原本應該進帳的個人點數才不划算。就算不用做這種說明，她也應該很清楚。

「我非常清楚堀北學姊想說的話，對於內容也有很多地方可以理解。」

看來七瀨本身是善意理解了堀北的提議。

可是——

「我還是覺得……寶泉同學不會接受。」

短暫的停頓。總覺得可以察覺她在想些什麼。

「我知道一件事情了。寶泉並沒有強奪點數吧。」

「怎麼說？」

「我原本以為寶泉只同意以高額點數搭檔，是因為他自己要奪取那些點數。可是，若是如此，他應該也會考慮更積極地分配後段的學生。因為說極端點，他可以說因為要幫忙找搭檔，所以必須把點數交給他。」

「確實如此……三個月份的個人點數也不容小覷呢。與其考不及格而收不到點數，倒不如讓寶泉同學拿走一半並且得救還比較好。」

從目前的動作，以及七瀨的對話來看，完全感受不到那種動靜。

「綾小路學長的推理沒錯。寶泉同學沒有從同學身上拿取回報。」

他只是支配班級，施行規則而已。

然後，違反此事的學生恐怕就會被寶泉和服從他的學生徹底排斥。

所以才不會做出，也辦不到未經許可就決定搭檔的舉止。

一年D班的學生沒在交流會上露臉，也是因為從一開始就知道沒有意義。

「即使是少數幾名也好，就不能憑妳的力量控制住高學力的學生嗎？」

堀北的提案沒有什麼回報，完全是同學間的互助。

跟二年級生不一樣，一年級生之間對班級和朋友的執著當然很薄弱。

雖然入學一兩個星期就叫他們要執著，也是強人所難。

「我試著問了幾個人，沒人願意考慮。」

「報酬果然是個大前提呢。」

「如果是幾個人的話，也可以用點數締結契約吧？」

如果我們的立場也像A班或C班那樣瞄準綜合分數，為了勸誘許多學生，就會需要龐大的資金。但如果只為了防止退學而把範圍縮小到少數人，就相對能控制花費。

「是啊……真的不行的話，就不得不這麼做。可是用個人點數結下的關係，只能靠個人點數連結。我希望維持也會著眼於未來的關係。」

堀北對我說完，就立刻重新面向七瀨的臉。

「請問這是什麼意思呢？」

「現在一年級生跟二年級生的戰場不一樣。因為一年級生沒有退學的風險，所以立場上是你們那邊占優勢。但這種關係絕不會一直持續下去。背負退學危險的戰鬥，應該不久之後就會到來。在這邊只結下牽涉點數的契約，當一年D班的人必須支付點數的場面到來時，假如你們沒有足以支付的存款該怎麼辦？」

雖然應該還是有學生可以得救，但出現無法獲救的學生也不奇怪。

「就是因為這樣，我才希望結下對等的契約，不要在點數上產生上下關係，並且希望累積信賴——累積正因為年級不同才辦得到的特殊信任關係。」

藉由這麼做，在一年D班裡有學生傷腦筋時，就能以對等的立場幫忙商量——堀北這樣說服道。總之，就是跟一之瀨一樣重視信任的戰術。

跟一之瀨很不一樣的，就是我們不是和所有班級，而是只和一年D班合作。

不是向所有人呼籲，而是把範圍針對在一年D班的合作關係。

特別考試已經進入第四天了，沒有什麼浪費時間的餘力。

七瀨應該充分感受到堀北的這種氣魄。

但她沉重的表情還是沒有變得明亮。

「我充分了解了妳想說的話。可是，我認為目前可能還無法讓他們理解。大多數的一年級生們都已經在拚命地存個人點數。這種狀況中，他們應該會把沒得到報酬就組成搭檔當作是單純的損失。」

唯獨這點，他們就只能花時間慢慢理解學校的系統。

「意思就是說，現狀要跟一年D班合作會有兩道高牆。必須說服寶泉同學，以及說服想要點數的資優生。雖然後者可能對任何班級都能這麼說……」

如果只看表面，一年D班確實會多出寶泉這道必須跨越的牆壁，組隊的好處似乎又相對很少。不過實際上並不是這樣。

堀北究竟有沒有察覺這個事實呢？

「讓我跟寶泉同學討論。」

堀北判斷要進行更多討論，少掉寶泉就沒辦法，於是這麼開口。

「也是……如果要發展對等的合作關係，這就是無可避免的呢。」

「只要妳願意的話，我現在就能跟他見面。」

「我知道了。我打給他看看。」

拿出手機的七瀨，就這樣走向圖書館入口。

「寶泉的支配力量，好像比我所想的更遍及班上呢。」

「是啊。」

「我這個打算跟一年D班合作的方針……應該沒有錯吧？」

「建立著眼於未來的關係是不錯的戰略。倒不如說，這也可以說是個大前提。坂柳和龍園都打算依靠品牌或點數，和所有一年級班級的有能力者結下信任關係。一之瀨沒有點數，但正在透過拯救弱者建立確實的信任關係。然後，雖然妳跟一之瀨很相似，但妳打算鎖定在一個班級建立合作關係，對吧？儘管各自的手段和形式本身不一樣，不過其實都一樣。妳已經逐漸成為能和那三人互相角逐的領袖。」

堀北聽見我的話，就輕輕點頭。接下來就是能否順利談判。我們在等待七瀨回來時，看見了她在入口點頭致意，招手呼喚我們的模樣。

「發生什麼事了呢？」

「過去看看吧？」

我們離開圖書館，到七瀨身邊會合。

「不好意思，學姊。那個……我正在跟寶泉同學通電話。」

七瀨把靜音的手機遞給堀北。

接下手機的堀北打開擴音器，面對和寶泉的通話。

「久等了。」

『嗨，我從七瀨那裡簡單聽說了。』

「可以的話，我希望直接見面，並由我這邊做說明。」

『沒必要。根本用不著見面呢。』

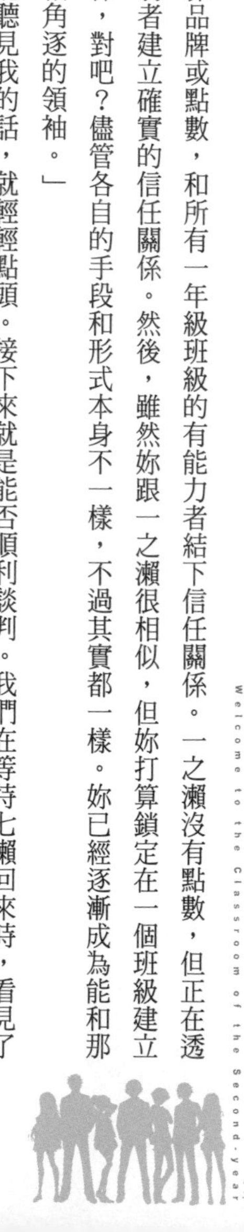

寶泉笑著這麼說。

「這……意思是你連談判都不讓我們進行嗎？」

『就是這樣。雖然連講電話都很不需要，不過七瀨就是講不聽。』

「但是寶泉同學，我認為我們可以考慮。」

『吵死了，妳說妳又有什麼權限？啊？殺了妳喔。』

「我不打算被你殺掉，但還是要請你跟堀北學姊見一次面。」

『既然連點數都不能好好準備，就不要再聯絡我。』

七瀨打算繼續說下去，但寶泉馬上就掛斷了電話。

七瀨立刻重撥，但再怎麼響，寶泉都沒有接電話。

「……對不起！」

七瀨用力低頭，向堀北和我謝罪。

七瀨沒有任何錯。

「抬起頭吧。因為我的方針跟寶泉的完全不同，不可能輕易就順利進行。我非常感謝妳願意像這樣幫忙。」

「沒這種事……」

「今天就先到這裡吧。要安排跟寶泉同學討論的機會，也得想出某些辦法吧，但我想在這個

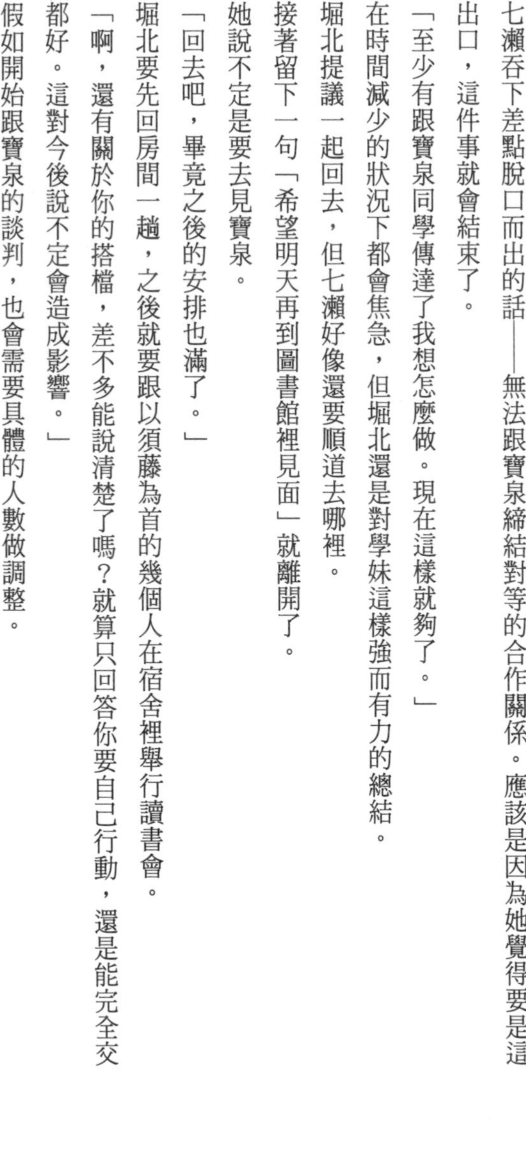

星期以內做個了結。」

如果要更久的話，堀北也終於必須看向一年D班以外的班級了吧。話雖如此，接下來就是祈禱不要變成這樣了。在已經被占領的三個班級搶奪剩餘的學生，會是相當折騰的作業。

「我非常高興學姊還沒放棄，可是……」

七瀨吞下差點脫口而出的話——無法跟寶泉締結對等的合作關係。應該是因為她覺得要是這麼說出口，這件事就會結束了。

「至少有跟寶泉同學傳達了我想怎麼做。現在這樣就夠了。」

在時間減少的狀況下都會焦急，但堀北還是對學妹這樣強而有力的總結。

堀北提議一起回去，但七瀨好像還要順道去哪裡。

接著留下一句「希望明天再到圖書館裡見面」就離開了。

她說不定是要去見寶泉。

「回去吧，畢竟之後的安排也滿了。」

堀北要先回房間一趟，之後就要跟以須藤為首的幾個人在宿舍裡舉行讀書會。

「啊，還有關於你的搭檔，差不多能說清楚了嗎？就算只回答你要自己行動，還是能完全交給我都好。這對今後說不定會造成影響。」

假如開始跟寶泉的談判，也會需要具體的人數做調整。

「我有個或許可以組隊的人選。」

「意思就是你不是看學力，而是特定人物吧？對象是誰呢？」

「這是祕密。」

「祕密……這需要隱瞞嗎？」

「因為我自己對那個人還只有表面上的認識。」

「這是那麼嚴重的問題嗎？大家都只能靠摸索去合作呢。」

「是啊，我以為大概今天就會弄清楚了……不過，就算再慢，也會在這個星期做出判斷。」

「希望如此……就算你到最後一刻才來哭訴，也不關我的事喔。」

「我會銘記在心。比起這個，因為我剛才沒機會問，妳身體狀況都沒問題嗎？」

「……你是在替我擔心嗎？」

「妳現在大概還沒有體力上的疑慮吧，但距離特別考試還有一段很長的時間。」

如果到最後階段變得使不上力，就可能會帶給考試當天影響。

連日的讀書會，加上昨天到半夜都騰出時間研究天澤的料理對策。

顯然正在慢慢累積疲勞。

「確實有可能在最後的階段感到疲憊。可是，我現在沒空閒時間休息。特別考試結束為止，我都不打算倒下。」

與其說是逞強，倒不如說她開始萌生率領班級戰鬥的自覺，這個部分的影響似乎還比較大。

洋介和櫛田就不用說了，啟誠和小美這些學力優秀的學生從一開始就向堀北提議幫忙。這個狀況下，堀北考慮到將來，就決定要以「和一年D班合作」為前提的計畫走下去。

因為領袖若無法做出決定或是慌張混亂，只會有負面影響呢。

在與時間賽跑的情況下，該如何在初期就做出了結，對二年D班而言會是很重要的問題。

1

這是在有點涼意的這天晚上發生的事。我站在廚房，利用被迫大量買下，並且擱置的食材們煮了飯。當然，這次有一邊參考食譜和影片。

我自己也想吃吃看請天澤吃的冬蔭功，所以就挑戰了烹飪。

冬蔭功這個名字，是煮、攪拌、蝦子這三個意思合而為一。

「味道很獨特，但還不錯呢。」

辣味與酸味在口中擴散開來、香味通過鼻子的這種感覺，是一道著迷的人就會很著迷的料理。

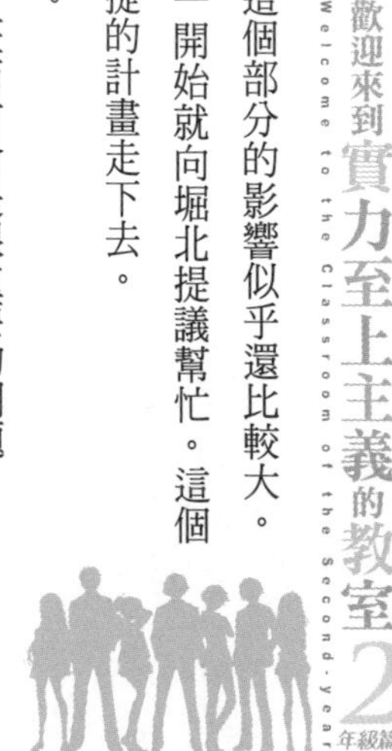

收拾完畢後，為了趕走瀰漫在房裡的味道，我打開通風扇換氣。因為被通風扇的聲音蓋過，我原先沒有注意到，但後來還是發現床上的手機正在震動。原本打算之後再回電，但是電話一直響個不停，我就接了起來。

『接得好慢。』

這是特別考試開始以來，睽違了好幾天，來自惠的聯絡。

她劈頭就是抱怨。

『指示我在這個時間打來的是你吧——？振作點啦。』

「抱歉。所以，今天早上拜託妳的那件事，妳調查到了嗎？」

『我確實調查過才聯絡你的。你的謝意真的很不夠耶。』

「我很感謝妳。所以呢？」

『一點也沒有感謝的感覺……唉，算了。聽店員說今年四月之後賣出的只有一把。相較其他類似商品，一點也不暢銷，似乎一年能賣出一兩把就算很不錯了。不過啊，聽說新生裡原本有人打算買。』

賣掉那把的買家是誰再清楚不過。打算買的那個新生才教人掛心。

「原本打算買，意思就是沒有買呢。」

只要沒做出剛入學就花個精光的胡鬧行為，實際上就不可能沒辦法買。

畢竟如果是今年的新生，我無法想像他們會做出這麼愚蠢的行為。

『這部分我也試著問過了。結果好像是剛結完帳就馬上被其他孩子叫住，說是要退貨，然後就不買了。而原本打算要買的那個學生就是——』

我聽惠說明那名學生的特徵，同時整理狀況。

這跟我一開始想到的狀況有點……不對，相當不同。

我沒有假定過「那個人物」會扯上關係。

「妳知道催他退貨的是誰嗎？」

『嗯——對方說不知道。雖然確定是個女孩子。』

就算知道出示學生證的買家名字，好像也不會連阻止的人物是誰都知道。

『我的情報有派上用場？』

「嗯，遠比我想的還要有用。」

『嘿嘿，因為我很有能力呢，你可是要好好感謝我喲。不過你為什麼讓我調查這種事啊？老實說，我完全搞不懂。』

「我也是。」

『咦？』

我希望這會變成弄清這些費解行動的某些線索，所以讓她暗中調查，結果卻是遠遠超乎想像

的發展。

跟我的想像連結不起來，所以老實說甚至讓我覺得兩者毫不相關。

「話說回來，妳在特別考試上的搭檔似乎決定好了呢。」

『啊，嗯。好像是一年B班的島崎同學。感覺是多虧櫛田同學才會得救。』

我的事辦完了，就稍微改變了話題。

「我覺得妳的搭檔還不錯，但妳本身的課業方面有在進行嗎？」

『哎呀，這個嘛，該怎麼說呢……我覺得到最後一刻再開始，應該也沒關係。』

果然是這樣啊。因為我到目前都還沒聽說她有去讀書會。

「這次的考試不是只靠自己就會完成的東西。妳的評價是D＋。如果不考慮結果會稍微偏低，就可能會嚐到苦頭喔。」

『我覺得自己很清楚啦，但就是提不太起勁……就算參加讀書會，清隆你也不在。』

「怎麼，我在的話，妳就能努力讀書嗎？」

『……這當然啊。至少在男友面前，我會表現出努力的自己。』

雖然是真是假很難講，但既然她說是這樣，那事情就好辦了。

「既然這樣，那明天的……我想想，妳六點左右要來我房間嗎？」

考慮到放學後要跟七瀨見面，大概就會是那個時間開始有空。

『我可以過去玩嗎！』

「不是玩，是讀書。」

『咦？』

咦個頭。

「我來教妳讀書。這樣妳就能稍微提起幹勁了吧？」

首先，先把惠的實力具體地測試一次。

在這個前提之下，如果她的程度需要參加追加讀書會，我就必須用力催促她了呢。

『我這個女朋友退學的話，你會很傷腦筋，所以你才在擔心我嗎？』

她突然像是占了優勢一樣，很開心地問我這種事。我也可以稍微壞心眼地回答，但在這邊先回答自己會擔心，惠似乎也比較提得起幹勁。

「當然啊。才剛交往妳就退學，這可不好笑。」

『這、這樣啊——說得也是！既然這樣，該說是這也沒辦法嗎？其實我有塞了很多安排，但就特別露個臉吧。』

她實在很不坦率，不過如果這樣就可以往前走，就算是很划算。

『我要帶什麼過去才好呢？』

「需要的東西，我房間就有了。如果妳能不遲到，其他的都不需要。」

『ＯＫ。』

「那我要掛電話了。」

『欸，等一下等一下！我們只有聊到特別考試和讀書的話題耶！』

以惠的立場來說，她好像想要閒聊無關那些事的話題。

「說得也是。」

『真是的，你啊——』

接下來暫時沒冒出考試跟讀書的話題，但我還是不停地被她指責。

2

第五天——星期五，終於定下了八十一組搭檔。稍微超過一半的學生，都確定搭檔了。二年D班裡決定搭檔的學生也開始增加。

跟我親近的那些人也是一樣。昨天惠也是其中之一，而綾小路組的愛里和波瑠加，這兩人也都讓搭檔確定下來了。成為她們助力的人物就是櫛田。重要的是她和國中時期的學弟八神合作，請他介紹了一部分的一年B班學生。可是，也不會因此就萬事解決。八神在班上逐漸抬頭，但他

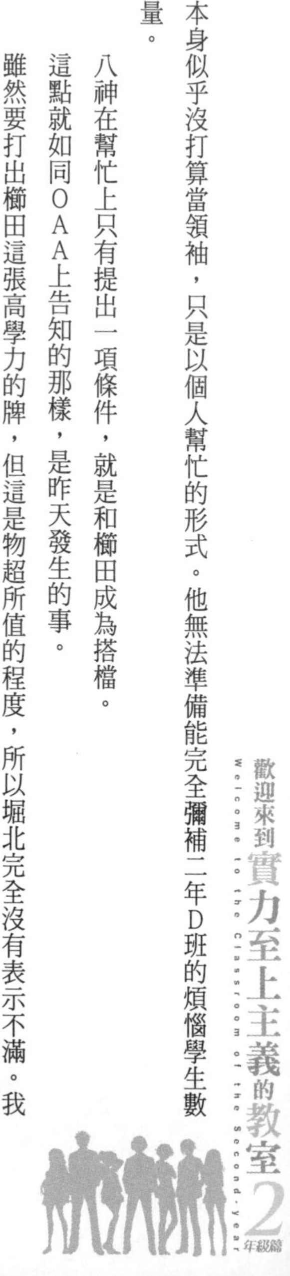

本身似乎沒打算當領袖，只是以個人幫忙的形式。他無法準備能完全彌補二年D班的煩惱學生數量。

八神在幫忙上只有提出一項條件，就是和櫛田成為搭檔。

這點就如同OAA上告知的那樣，是昨天發生的事。

雖然要打出櫛田這張高學力的牌，但這是物超所值的程度，所以堀北完全沒有表示不滿。我們這邊包含堀北自己在內，還留有洋介，加上啟誠、小美、松下之類的有能力的牌。

不論如何，就算決定好搭檔，也不代表那名學生就能放下心。

念書確實是一條無可避免的路。

倒不如說，比賽也可說是決定搭檔之後才開始。

不用多說也能合作的班級，也會存在類似團結感的東西。

正因為是同甘共苦一年的夥伴，才可能有這些動作。

在這種情況下——

一名學生站起身，打算回家。

堀北像是在等待這個時機，叫住了那個人。

「你好像還沒找到搭檔呢，高圓寺同學。」

「這又怎麼了嗎？」

她干涉了班上唯一沒加入這份團結感的人物。

「身為同班同學，我想姑且問一問狀況。」

就算是單獨行動的學生，也會把大致的情況告訴周圍，所以我們都會知道對方在做什麼。可是高圓寺什麼都不說，所以最沒辦法看見狀況。

「你很聰明，根本不認為自己可能退學，對吧？」

「當然啊。」

「是啊。就算你跟池同學那種成績的學生組隊，你的話也能穩穩地考到將近四百分。我想大概是安全的呢。」

她原本應該也希望能將高圓寺作為一張寶貴的牌。

應該是為此才接觸他，但究竟……

「呵呵呵，也就表示我在這次的特別考試上什麼都不打算做。重要的是搭檔的學生要在考試上考到一百五十分以上。只要能達到這個最低限度的必要條件，我要拿到超過合格基準的分數，就是很Easy的事呢。」

就像茶柱說的那樣，這是最少能考到一百五十分的考試。只要不是像我這種跟White Room的刺客搭檔的情況，很難想像搭檔會故意考零分。

不過，這樣就會有無論如何都要依賴搭檔的部分。

沒錯，再怎麼找，大概都不可能找到可以百分之百斷言絕對考得到一分以上的人。一年級生和二年級生，都只能以雙方當然都會考到一百五十分以上為前提行動。百分之九十九點九的保證。為了盡可能變成百分之百的措施，就是這條「考到脫離學力的成績，該學生將會退學」的規則。就是因為有這點，高圓寺才有把握從容以對。

意思就是說，他沒必要前去討論，並踏入建立關係的步驟。

「總之，你不管跟誰組隊都沒問題吧？既然這樣，能讓我決定跟你搭檔的對象嗎？你應該覺得跟誰組隊都很安全吧，可是，不要受到百分之五的懲罰當然再好不過。」

這是一件只要交給堀北即可的簡單事情，這提議基本上只有優點。

「妳說得確實沒錯，可是我要拒絕呢。」

「……為什麼？可以告訴我理由嗎？」

「因為我就是我。」

總之，他就是不願意讓堀北隨便利用。

高圓寺永遠都會是高圓寺。

假如我被迫站在必須利用高圓寺才能勝利的局面，一定就會這麼想——在發展成這種局面之

前，就該先以其他戰略做出對策。

「妳滿意了嗎？」

既然被這麼回應，堀北也不能強迫他。

因為就算她白費力氣硬是要強迫他，他也並非因此就會行動的對象。

「嗯，目前是這樣呢。但你不能永遠這樣下去。假如班上不得不團結的時刻來臨，我也會叫你幫忙。」

不是關於這次的特別考試，而是看準未來。

堀北似乎想先做好那些鋪陳。

「我懂妳會想依賴Perfect的我的心情，但是我大概無法陪妳商量呢。」

高圓寺簡直是充耳不聞，今天也離開了，不知去向。

「高圓寺那個人沒辦法吧。」

儘管幾乎是無意間脫口而出，我還是不禁這樣吐嘈。

「就是因為他認真行動，我們班就有可能變強，才教人著急呢。」

無法使用的祕密武器，會是最棘手的東西。

就是因為寄予期待，落空時就會感到絕望。

「是我的話，我從一開始就不會把他算進來了。」

高圓寺會屬於「高圓寺」這個特殊的範圍——考慮到將來，先這麼想應該才比較輕鬆。

「我不會放棄的。」

「……這樣啊。」

算了，儘管怕白忙一場，不過有幹勁也是件好事。

3

一踏入週末的圖書館，我就知道裡面籠罩著和上次不一樣的氛圍。因為許多一年級生和二年級生都聚在這裡。大部分學生都攤開了平板和筆記本，在舉行類似讀書會的活動。

多數學生似乎都開始行動了，沒有因決定了搭檔感到自大。

我隱約回想起一年前我們也曾經在圖書館裡開過讀書會。

「有點麻煩呢。人潮像這樣增多的話，我們的存在或許也會很招搖。」

「既然這樣，稍微裝個樣子或許比較好呢。」

幸好昨天在圖書館深處使用的座位是空的。

在這就算坐滿也不奇怪的狀況下，我望向了某個位置。

沒過多久日和便察覺到視線，溫柔微笑地對我們揮手。

「我就是覺得你們會過來，所以才請他們特別空出了座位。」

「這樣好嗎？」

「如果座位都滿了就另當別論，這也是因為沒有那種擔憂。」

寬廣的圖書館，空間多得是。話雖如此，這份顧慮真教人感激。

「你們慢慢聊。」

日和不打算把我們叫住太久，她說完就馬上離開了這個地方。

「她真親切呢，這是因為她有聽見我們上次的對話嗎？」

「不知道耶，我是覺得距離上來說很難。」

這是特地為我們空下的座位，我們占了跟昨天一樣的地點。

然後從書包拿出所有的讀書道具，彰顯接下來是要讀書的狀況。

可是等來等去，七瀨都沒有要過來的樣子。

「真慢呢，七瀨同學。」

約定時間是放學後的四點半開始，可是時間已經超過五點了。

試著傳了幾次訊息，但都沒有已讀的跡象。或許是時候由我們其中一人去看狀況比較好，但

不知道她人在哪裡也很棘手。

「我去看一下一年級的教室吧……」

在我打算這麼做的時候，七瀨著急地現身了。

她從門口找到我們，就氣喘吁吁地靠了過來。

「不、不好意思，讓你們久等了……！」

「沒關係，但我以為妳發生什麼事，可是很擔心呢。」

「我在想不知能否設法把寶泉同學帶過來，於是去跟他交涉。」

「這樣啊……結果好像不行呢。」

門口那邊沒有人要進來的跡象。

「可是他沒有阻止妳過來今天的討論嗎？」

「這點倒是沒有。我想他完全不認為有什麼會是少了自己卻能決定下來。」

不管七瀨要如何自作主張，最終決定權都在寶泉手上。

如果他有這種自信，確實沒必要逐一忠告或阻止。

「看來果然只能由我們強行跟他見面了。」

「這……」

「我已經知道這不會輕易談妥，但只要不面對面討論，我覺得雙方會一直沒有交集。」

她似乎不是什麼都沒在思考就前來今天的對談。

「確實是這樣呢……可是……」

七瀨的語氣好像在猶豫什麼，但還是下定決心開始討論：

「堀北學姊無論如何都想跟一年D班建立對等的合作關係。這份想法並無虛假吧？」

「嗯，當然。」

「既然這樣……能聽一聽我的提議嗎？」

七瀨是以自已的方式抱著某些想法現身於此處。

「向寶泉同學提議想要締結對等的合作關係，很明顯會被拒絕。我認為堀北學姊就算直接見面談恐怕也是一樣。既然這樣，要不要跟我在檯面下談判呢？」

「跟妳談判？但少了寶泉同學的話，其他人就不會服從吧？」

「是的。不過，這是因為我沒有自稱領袖的關係。」

七瀨在此向我們提出了意想不到的提議。

「我判斷憑寶泉同學的做法無法戰鬥到最後。在危險的想法滲透以前，雖然這是不得已的下策，但我認為只要我能當上一年D班的領袖，那就沒問題了。作為開端，我希望跟堀北學姊的二年D班締結關係。」

堀北就不用說，我也完全沒料到她會做出這種提議。

踢下寶泉，由七瀨翼當一年D班領袖。

如果這件事實現，堀北瞄準的對等合作關係，就會一口氣帶有現實感。

「我們沒有足以判斷七瀨同學、寶泉同學，你們誰才適合當領袖的要素。不過，我能說的一件事就是我們沒有太多時間了。」

特別考試已經接近後半段。她要爭奪領袖之座，時間會很不夠。

「多數同學都不贊同寶泉同學的做法。實際上，我在昨天和今天做出相同的發言後，就成功拜託到七名學生幫忙。」

「我可以當作這不只有學力低的學生嗎？」

「是的。我也從大約三名學力B－以上的學生那邊得到了談判的空間。」

「……原來如此。」

堀北稍作思考。三個人不能說是很完全，但如果要從這裡再額外增加一些人數的話，就要結下以七瀨為主的合作關係，結果或許也不會變得很糟。

「被寶泉同學發現，不是會很棘手嗎？」

「不用想也知道會變成大問題。所以，直到搭檔的期限——特別考試前一天為止，現在開始的事情全都要先隱瞞。最後一刻申請的話，就不會被發現了。」

「但是，這樣要把擅長讀書的學生拉為夥伴，不是會很困難嗎？」

擁有學力的學生想要個人點數，這點無法改變。

「這就由我們補足。不擅長讀書的學生，就請堀北學姊你們幫忙，讓他們可以不受三個月的懲罰。換句話說，這樣就會有點數多出來了對吧。在這段期間，假設我們收集到二十萬點，也綽綽有餘。雖然每個人能給的點數不到五十萬，但依然是可以接受的範圍。」

總之，就是他們會自己負責。

原本是我們要出點數拉攏資優生，不過這個戰略卻是由一年D班的後段學生們自己籌錢拉攏夥伴。

「這樣也就不會給你們添麻煩了。當然，寶泉同學知道這個事實後，大概會很生氣吧，但是為了不讓那些願意幫忙的人受害，我會扛下一切的責任。這樣如何？」

「這……就算說是為了當上領袖，這個提議對妳的負擔不會過於龐大嗎？」

「沒關係。堀北學姊都願意伸出援手，我不希望失去妳的信任與這次機會。」

意思就是如果可以救同學，這個代價就算很小。

「就算我不被認同是領袖，也可以在這次的特別考試上救到堀北學姊你們。」

如果只考慮眼前的利益，七瀨的提議不會不好。

聽見這些話，堀北會怎麼回應呢？

「這樣我就很清楚了呢——我希望和一年D班擁有合作的關係。」

「那麼，以剛才的提議就可以了，對吧？」

「不對，我不能參與妳的提議。」

「但是除此之外的辦法……」

「一年D班的癥結，在於只要可以把寶泉同學拉為夥伴就會萬事解決。妳不是想當上領袖，只是不喜歡寶泉同學的做法吧？既然這樣，如果寶泉同學可以無償合作，就會有很多學生服從了吧？」

「這……對，是的。我認為沒有錯。」

「再說，要是寶泉同學跟妳對立的話，一年D班別說是團結，也可能會嚴重分裂成兩部分，我不能讓妳做出這種事。所以，我可以幫妳讓他改變想法嗎？」

看來堀北透過和七瀨的對話也看出了一些事。

只要攻下寶泉，後續的問題就會全部解決。

「這是危險的賭注。如果失敗的話，說不定今後一年D班和二年D班就不可能合作。」

「我做好覺悟了……不，不對呢，我認為我們十分有可能合作。不只是我，寶泉同學一定也在想著一樣的事。」

「儘管電話上被他冷淡對待？」

「我會先把那當作是一種好意的表現——目前的話。」

七瀨似乎理解了堀北想說的話，表示同意。

「今天抽時間和堀北學姊、綾小路學長見面，真是正確的答案。因為我的預測並沒有錯。」

「這是什麼意思呢？我可是拒絕了妳的提議。」

「不，我沒有被拒絕。我和堀北學姊的想法從一開始就一致。」

「這……意思就是說妳也認為要說服他？」

「是的。」

七瀨說要自己當上領袖的提議，看來是個假的賭注。

如果堀北參與為了眼前的利益，而不把一年D班的將來當作一回事的選項，那她就不會跟堀北合作。

「就像剛才堀北學姊說的那樣，沒時間了。如果不多少強硬一點安排談判的場合，就會無法往前走。能不能把你們見面的規畫完全交給我呢？我在後天的星期日之前，一定會把寶泉同學帶到妳面前。」

這次的提議似乎不是假的，七瀨低頭拜託了堀北。

到了星期日的話，剩餘的時間當然相對會減少。

堀北對我投以含有確認意圖的視線。

賭一賭也好吧——我帶著這種想法點頭，堀北的猶豫就消失了。

「我相信妳。那就讓我期待後天星期日可以見到寶泉同學吧。」

「好……一定會。但我希望在盡量避免引人耳目的地點。因為視情況而定，他也有可能做出沒分寸的行為。」

「我想想。這樣的話，說不定卡拉ＯＫ會比較好呢。如果寶泉同學希望的話，時段在晚上也沒關係。」

如果是星期日的半夜，確實就會大幅降低被人看見的風險。

「知道了，我會轉達。」

堀北的手機在話題的方向開始統合時響了起來。

後來，看見收到的訊息後，堀北嘆了口氣。

「怎麼了？」

「讀書會的時間到了。我不在，好像人手不足。」

回過神來，已經超過五點半了。

「畢竟好像也談妥了，後續可以交給你嗎？」

「知道了。」

堀北向七瀨簡單致意，迅速告個段落，就去了同學的讀書會。

堀北必須支援整個班級，不得不東奔西走。

「她很忙碌呢，堀北學姊。」

「因為所謂的統籌班級，就是這麼回事呢。」

「要是一年之後，我也能變成那種出色的二年級生就好了……」

「雖然堀北沒有問得很詳細，但妳打算怎麼告訴寶泉，並且把他叫出來呢？」

「這……我是可以回答，但請告訴我關於你的事情。」

「關於我的事？」

外面的太陽開始西沉，現在是世界開始亮起橘色光芒的時間。

「堀北學姊是班上的領袖。可是，你應該不是吧？」

原來是這樣，七瀨的確不會知道我作為在場的學生是否相稱。

如果我說自己只是被強行抓來陪堀北，她反而會閉上嘴吧。

「學長——你是個怎樣的人呢？」

我沒有回答，七瀨就把手臂擺在桌上，轉過身將自己的側臉面向我。

這看起來也像是為了不被其他人察覺出表情和嘴部動作的防禦策略。

「你能回答我嗎？」

「妳想問的問題，似乎不是我和堀北是什麼關係呢。」

這是更不一樣的內容。她是在詢問我是個怎樣的人。

「對。我認為你應該是既邪惡又有點骯髒的人。」

她對我講了一句相當果斷、強烈的話。與發言內容相反，七瀨以直率不已，毫無迷惘的眼神望向我。我不知道她是以什麼為根據這樣認為。目前的接觸中，她能從我這裡感受到的資訊根本很微不足道。先不論合不合得來的問題，我可不記得曾經被人說過邪惡。七瀨翼或許就是我在找的「那邊的人」。

我會這樣想是有理由的。

就算讓我退學是最重要的命題，對方也不會事務性地執行。一定會在附近接觸，觀察綾小路清隆這號人物才對——我是這麼想的。這不會是單純的退學，對方會想證明自己的確更勝於我——不對，是若非如此，就會無法讓那個男人接受。

假如我是必須讓綾小路清隆這個人退學的那方，就會這樣想。不過，就同為White Room學生說的話來講，總覺得話題的方向也很異常。

「這樣相處下來，我覺得你看起來就是個普通人。」

「換句話說，妳是作為一個不普通的人在觀察我嗎？」

「……沒有，並不是這樣。」

七瀨否定，但這究竟是不是真心話呢。

我和七瀨總共見了四次面，但我一直覺得她的視線很奇妙。我隱約覺得就快要抵達七瀨到底是哪邊的人，可是手感馬上就會溜走。

「不好意思，請你忘了吧。現在重要的是班級之間能否合作。」

我們都站了起來，接著離開圖書館。

在解散的氛圍中，我想起有件事要先問七瀨。

「話說回來，妳之前說就算三個月沒被匯入點數，點數也是二十四萬點吧？這是為什麼？」

七瀨聽到提問的表情沒纏繞直到剛才為止的那股氛圍，而是變得一如往常。

「為什麼……這話的意思是？把入學後給的班級點數八百點就這樣維持三個月，很單純地就會變成二十四萬——我只是這樣計算了而已……」

七瀨一臉覺得不可思議。

今年的一年級生跟去年我們的起跑線似乎不一樣。

「我們去年一開始被給予的班級點數是一千點。」

「咦？那麼就是說有多達兩百點的差距嗎？」

「就是這樣。不知道一年A班和B班會是如何。」

「我認為一樣是八百點。司馬老師是這麼說明的。」

但為什麼沒有任何通知呢？要是知道學校給了比去年還要少的班級點數，他們應該多少會覺得不公平。就算是個人點數八萬，也是一大筆錢。會是學校沒顧慮到這點嗎？不對，如果是這樣，學校應該一開始就會通知。因為比起恣意隱瞞之後讓學生心懷不滿，倒不如乾脆地表明。

跟去年不同的這點，即使就我所知，也還有其他地方。

「妳知道生活態度會對班級點數造成影響嗎？」

一年D班的班導司馬老師說過類似的話。

他說「我應該已經嚴格地教過學校的規則，甚至到你們聽到耳朵都會痛的程度」。

「是的。聽說遲到和缺席、課堂中私下交談，都會對班級點數造成影響。」

似乎有可能是減少班級點數，相對地藉由一開始就宣布那些規則，對五月之後的班級點數做了考量。在ＯＡＡ上也會了解到社會貢獻性的部分很重要，即使隱瞞，學生們應該也會注意到吧。

我正要因此接受，但七瀨稍微陷入了沉思。

然後一瞬間露出想到什麼的表情，但那表情馬上就消失了。

些微的表情——這是最近幾次頻繁碰面才看得出來的。

但既然七瀨沒說出這點，我就先不追問了。

我們並肩離開圖書館，抵達出入口。

「那麼學長，我先告辭了。」

「七瀨，妳剛才告訴我班級點數的事，雖然這不算是回禮，不過妳有聽過保護點數的存在嗎？」

我在分開時叫住七瀨，說出這些。

「保護點數嗎？沒有，我是第一次聽說。」

「那是指擁有這個保護點數的學生，就算受到足以退學的懲罰，也可以利用保護點數保護自己的系統。即使在二年級生裡，也只有非常有限的學生持有，所以難怪妳會不知道。」

「這樣啊……不過，你為什麼要告訴我這種事呢？」

「因為我得到了資訊，覺得姑且給一個回禮會比較好。」

我只說了這些，就跟七瀨道別。

我決定測試七瀨的本領，看她能否活用這些。

4

雖花了些時間，但多虧七瀨獻身般地協助，我們決定要強行進行一場加入寶泉的討論。狀況完全無法預測，不過可說是確實有所進展。

下午六點前不久，我房間的門鈴響起。

惠好像是剛好回到宿舍，她一身制服，沒有穿上便服。

「總覺得這個時間有很多人進出，我可是做了各種顧慮呢。像是爬樓梯之類的。」

應該沒有那麼多女生會獨自進出男生房間，又長時間待在裡面。

只要不是正在交往的男女，這種事通常不會發生。

「那就趕快開始吧。」

「咦──應該要有多一點什麼吧？」

惠這麼說，不打算拿出讀書道具，並且提出想要閒聊的要求。

可是時間有限。尤其時間越晚，讀書的時間就會漸漸變少。

「如果妳的學力沒問題，要怎麼閒聊，我都會陪妳。」

「唔……」

「首先，我需要鑑定妳擅長什麼、不擅長什麼。」

「鑑定？要怎麼做？」

「就是這個。」

我拿出五張考卷。這是啟誠為了確認擅長、不擅長的科目，而製作給小組用的考題。這是考慮到作題時間，嚴選了題目數量的非常便利的東西。在堀北和洋介他們的讀書會上也有被採用。

「大部分的同學都靠這份確認完了。」

「哦……」

「時間限制是一張十分鐘，趕快開始吧。」

「好喔——」

惠答得很不甘願，但還是著手寫起考卷。

接著經過五十分鐘，惠精疲力竭地倒在桌上。

「累死了……！」

「虧妳這樣還能專注在平常的考試耶。」

「因為今天已經讀了一整天的書嘛。沒辦法輕鬆進入狀況啦。」

我聽著這些牢騷，同時很快就打完了分數。

「原來如此。我充分了解了妳的實力。」

「怎、怎麼樣？」

她好像不知道自己的能力，用參雜期待與不安的眼神看著我。

「妳從明天開始，確定要參加洋介的讀書會。」

「咦咦咦——！」

「這不值得驚慌。倒不如說，如果妳就這樣不讀書，跟退學只會有一線之隔喔。」

「可、可是啊，我的搭檔島崎同學是Ｂ－喲，這樣不是沒問題嗎？」

「這次特別考試需要的分數是五百零一分。妳書念得不夠，會是兩百分前後，島崎則是三百五十分前後。我實在不認為合計五百五十分算是安全範圍。再說，如果島崎像妳一樣討厭讀書，成績也很可能偏低，變成三百分左右。」

這樣的話，應該也很有可能達不到及格界線五百分。

「總覺得突然變得很可怕……」

「所以盡早打造可以確實得到兩百五十分的環境很重要。」

考題被製作成如果有效率地讀書，D＋的學生也考得到一定的分數。

「那個啊，我有點疑問。」

「疑問？」

「雖然清隆打算教我讀書，但你的學力算是C吧？該說是很普通嗎？意思就是說實際上……你可以考得更高分，對吧？」

「就是這樣。」

「打架的強度也是一樣，你為什麼要隱藏成這樣呢？」

「我只是不想引人注意，所以沒有勉強自己考到高分。」

「那麼那麼，你覺得如果你使出真本事，大概可以考幾分？」

「不知道耶。」

「你別糊弄我啦，就告訴我嘛～」

她用力按了我的肩膀，露出笑容問我。

「如果妳從明天開始好好出席讀書會，那我也可以回答。」

「會會會，我也因為今天而深切感受到危機了。」

「先不說可以考到幾分，但我已經決定好要考幾分了。」

「這、這什麼意思？好像是很厲害的說法。」

全部是五科。有和堀北的一科對決在等著我，所以我不打算放任何的水。

不過，如果所有科目都同樣全力應考，周圍至今為止對我的評價就會完全改變。

「四百分。」

「……真的假的？我記得四百分是……」

「相當於學力A呢。」

那是即使在班上，大概也只有像是堀北、啟誠幾名資優生才能到達的領域。

正確來講，說是接近四百分會比較正確，但我應該沒必要修正。

「所、所以是想考就考得到嗎？」

「雖是理所當然，但入學以來從來沒有我解不開的題目。」

儘管不知道這次的考試內容包含難度多高的題目，不過與White Room裡接受的課業相比，說是程度中下應該比較好。

「哇——」惠以超出理解範圍的感覺聽著我說。我將她拖回現實。

「我就是因為看得見一切，才會叫妳抱著危機感並且專注。」

「那……我先在這裡稍微讀一下再回去吧……」

時間才剛七點，讀一個小時左右好像也不錯。

明天把惠的狀況告訴洋介時，應該也會派上用場。

「我知道了，那就快點開始吧。」

「這邊這邊。」

「嗯？」

當我打算直接面對面開始進行，惠就用手掌拍了拍自己旁邊的地板。

「在旁邊教我嘛。」

5

接著過了一個小時多。

我一邊給惠建議，一邊在自己的房間讀書。

基本上她的底子很聰明，有種是至今都沒有認真讀書的這點在拖累她的感覺。不過，我刻意沒有指出這件事。

假如只是自幼就不面對讀書並逃避，我也可以提醒一下，但惠的情況是因為國中時期的霸凌，而變得無法接受正當的學校教育。

沒有確實學習國中時期的「基礎」，所以才會覺得高中課程辛苦。考慮到這件事的話，倒不如說她算是念得很好了。

溫暖地指導並引導，應該才是對的判斷。

要是變得不覺得讀書痛苦，說不定就會像須藤那樣展現巨大的成長。

「咦……」

「怎麼了？」

惠突然盯著地板。

才盯著地板幾秒，就伸手用指尖捏起什麼。

應該是碎屑或灰塵掉在地上吧，雖然我這麼想……

「這是……什麼？」

她這麼說完，就在我眼前伸出手，讓我看她食指與大拇指捏住的東西。

那是一根帶著紅色的長髮。

「這是頭髮呢。」

我把想到的話直接說出口，惠馬上就變成一臉惡鬼的表情。

「紅髮！而且，還是長頭髮！這怎麼看都是女孩子的頭髮吧！」

這當然。以我的頭髮來說，這長度在物理上不可能。

髮質也當然完全不一樣。我馬上就想到這根頭髮的主人。這一定是上次叫我下廚，而且吃完就回去的天澤一夏所遺留下來的吧。

「你把誰帶進來啊！」

她似乎聯想不到同學之類的人物，問我這種問題。

「這就是那個嗎？嫉妒……」

「不行嗎！因為我是清隆的女朋友！我有權利做各種監督！」

我第一次聽說有這種權利。但我起碼學到了一個教訓。

把女生招待到房間後，就應該先徹底打掃過。我這麼心想。

雖然學到了這種教訓，但是災難連連。當我正在煩惱該怎麼辯白，室內毫無預兆地響起連續的門鈴聲。接著，大廳影像的螢幕就播了出來。

我這個屋主以及惠都很在意訪客是誰，於是窺視了畫面。

那裡出現了天澤笑咪咪揮手的身影。

最先反應的不是我，是就這樣緊握紅髮的惠。

「紅色頭髮、不認識的女孩子……」

這已經像是在挑戰兒童推理節目的解謎。

在我按下通話鍵以前，惠更快地伸出了食指。

「喂？」

她的聲音明顯蘊含怒氣。天澤當然是嚇了一跳的樣子。

『咦？四〇一號房，是綾小路學長的房間……對吧？』

我強行拉開惠的手臂，代為應對。

「抱歉，是我。妳有什麼事嗎？」

雖然是毫無前兆的訪客，但我不能就這樣把對應交給惠。先不說天澤，在人來人往的大廳前被人聽見我跟惠待在一起會是問題。

『啊，原來有人來啦？我之後再過來會比較好嗎？我有點事，所以想要打擾一下呢——』

惠怒瞪著我，但還是做出讓她進來的手勢，沒有命令我趕走她。

她好像想要確定天澤是不是頭髮的主人。

「不，沒關係。進來吧。」

我按下解除自動鎖的按鈕，讓天澤進來裡面。

「這樣好嗎？讓其他學生知道妳在這裡。」

「……啊。」

看來惠氣昏頭，迷失了自我。

說還要繼續對周圍保密男女朋友關係的是惠。

如果在這邊隨便碰面，就可能會傳出這種謠言。

「算了，都這樣了，只能巧妙地糊弄過去。」

反正聲音都被她聽見了，就算急忙把她趕出去也沒什麼效果。

倒不如說，大概還得考慮會產生奇怪猜測的可能性。

大約一分鐘後，天澤就來到了四樓，在我房間前面按了門鈴。

「我讓她進來，總之妳就坐著等吧。」

「知……知道了。」

我打開大門，把天澤接進來。

「突然過來，真抱歉啊——綾小路學長。」

天澤以這種感覺露臉，同時機靈地看了一眼玄關前的鞋子。

這方面該怎麼說呢？真的是很有女生感覺的視線。

「女朋友？」

她賊賊一笑，丟出直接的疑問。

「妳有什麼事？」

「真冷淡耶～其實我是在想，是不是有東西忘在學長房間呢。」

「有東西忘了？」

「是我很喜歡的髮圈，我找不太到……」

看來是發現遺失，才來拜訪我的房間。

「那妳進來一下吧。」

也不能讓她站著等，所以我決定讓她進來。

與其由我在頭髮的事情上斤斤計較地找藉口，讓天澤說明好像會比較快。

「打擾嘍——」

天澤進了房間，一點也不在意有先來的訪客。她似乎剛從學校回來，就這麼拿著書包，然後和坐著等待的惠見到了面。

「啊，妳好。我是天澤一夏——」

「妳好。」

惠的表情明顯不高興，即使如此，這也算是她用自己的方式忍下來吧。

「妳是學姊吧？我想問問妳的名字呢——」

「……輕井澤惠。」

「是輕井澤學姊啊——啊，感覺你們好像是在一起讀書。難道妳是女朋友之類的？我剛才被綾小路學長岔開話題，所以想要問問呢。」

不管是什麼，都能毫不猶豫地問出想問的問題，這也是一項才能呢。

「不關妳的事吧？是說，這是怎樣？妳跟清隆是什麼關係？」

面對惠直呼我名字的態度，天澤當然感受到了什麼，但還是環顧了房間。

「這個問題的答案要稍等喲。嗯——乍看是沒有呢。我記得我在學長的房間拆過一次呢～嗯——……可能是滾到哪裡了呢。」

天澤這樣說，完全不在意惠的瞪視，跪下做出打算窺見床底的姿勢。這麼一來，她的屁股很自然地就會對著我強調，裙襬也因此往上揚起。

「啊……學長。這樣感覺會色色的。」

她用讓人覺得是故意的語氣說，並回頭看向我。

惠讓頭敏捷地反應，瞪向我。

「我來找找。」

我總之開始搜索髮圈有沒有掉到床底。

「欸，不要無視我好嗎？回答問題啊。」

「嗯——綾小路學長是我的……嗯——說是什麼會比較好呢？專屬廚師？」

「啥？這是怎樣？」

面對無法理解的內容，惠再次往我看過來。用比剛才還要嚴厲的眼神。

「她是須藤的搭檔。因為一些事情所以認識了她，並且我下廚招待過她一次。」

「抱歉，我完全搞不懂耶。你為什麼要煮飯給須藤的搭檔？」

如果只聽概要，不懂的確也理所當然。

我從床底開始尋找髮圈，同時再次向惠說明。

「我可以姑且看看廚房那邊嗎？或許我在洗東西的時候拆下了。啊，那就拜託學長繼續搜尋房間裡喲，像是衣櫃下面之類的。」

「知道了。」

因為沒有滾到床下，這次我找起了衣櫃附近。

「欸……可能有髮圈……這是怎麼回事！」

惠靠過來小聲地跟我確認。

「我說過了吧？說過下廚招待過天澤一次，就只有這樣。」

「真、真的只有這樣，對吧？」

「當然啊。」

「……真的——？」

就算嘴上說明，好像也無法那麼輕易讓她相信。

「讓我也好好跟那女生做確認。」

惠說完就打算站起，我強而有力地抓住了她的手臂。

迅速把食指放在嘴唇前方，指示她安靜。

這種時候，腦筋轉得快的惠就不會無謂地吵鬧。

「妳也在這附近找找吧。」

「知、知道了啦。」

就算不懂我的意圖，但她似乎也明白這很重要，所以開始幫忙搜尋。

「啊！綾小路學長，找到了——」

廚房那邊，傳來了天澤的聲音。

我跟惠同時看向廚房，天澤把髮圈放在手心拿來給我們看。

「好像不小心掉在廚房和冰箱間的縫隙。」

她這樣說完，就開心笑著，把髮圈收入口袋。

「總覺得我好像打擾你們了，我馬上就回去喲。」

「匆匆忙忙的，真抱歉啊。」

「不會，原本就是我忘了東西不對。那麼，抱歉，打擾你們了——」

天澤立刻拿起背包，就在玄關穿上鞋子。

「但學長也真是不容小覷耶——沒想到你有這麼可愛的女朋友。」

她這樣說完，就把食指按在自己的臉頰上思考。

「這麼一想，就是那個了呢。下次要叫你下廚時，兩人獨處就會不太好。」

「這還用說！」

「那麼——下次輕井澤學姊就一起吃飯吧。那麼，再見嘍～」

天澤如暴風雨般過來，如暴風雨般離去。

「你好像認識了很可愛的學妹耶，清隆。」

「現在我說什麼，妳都聽不進去吧。」

現在的氣氛也逐漸變成不適合教人念書，但直到惠接受為止，我也只能反覆說明真相了吧。

6

星期五過後，假日星期六就到來。

平日的那五天也因為特別考試的影響，總之就是有很多機會跟學弟妹扯上關係。從遇見一年A班的天澤，到為了確保須藤的搭檔而挑戰煮飯，以及和七瀨為了締結一年D班的契約而討論。與我們沒什麼關係的，是櫛田與一年B班的八神交流，雖然人數不多，還是透過請他介紹朋友，讓惠這些學生決定了搭檔。要如何判斷這次的特別考試，應該會依照觀者的視角而有所不同，不過在跨年級交流的意義上可能非常有意義。

多數學生都已經認識學長姊、學弟妹的長相與名字，而且還掌握了成績。

也開始弄清楚各班有什麼傾向。

一年A班目前沒有明確的領袖，各自自由周旋的形象很強烈。允許這點的理由之一，可以舉出的例子就是整班的學力很高。他們不愧於A班之名，B－以上的學生數量是四個班級中最多的。高學力的學生多半都是獨自進行談判，結下了與二年A班和二年C班的點數契約。另外當然也有學生被分類在學力D，但是因為他們在許多技藝上都格外優秀，所以二年A班就挑走了他們。目前是四十人之中已經有三十四人確定搭檔的狀態。

一年B班也和一年A班有類似的傾向，還不存在明確的領袖。然後，學力高的學生推銷他們自己，接連確定為搭檔。差別在於搭檔的對象是二年C班比較多，而不是二年A班。這是龍園他們提出了比坂柳更高額的點數所造成的影響嗎？詳細狀況目前還不明朗。目前有三十三人決定了搭檔。

一年D班由寶泉以強硬的態度統籌班級。就去年的我們來說的話，這跟龍園的做法幾乎一樣。讓人在意的是，他們也是所有班級裡最少確定搭檔的班級。星期日見面就會知道細節了吧。

然後，最後是一年C班。是我這星期完全沒牽扯上關係的班級。雖然我已經牢牢記下學生的名字，但堀北也沒提過一年C班。最主要的理由在於哪裡呢？可列出的理由是舉辦了二年B班一之瀨主導的交流會，所以多數一年C班的學生都締結了搭檔的契約。雖然還有十個人沒有確定搭檔，但其中學力D－以下的學生是零人。也就是說，這個班級幾乎所有人都成功確保安全位置。極可能存在著統率班級的角色，並利用交流會順利解救了同學。

我過了中午就開啟OAA，看了直到今天為止確定搭檔的人。

「建立搭檔的有一百零五組。將近七成。」

看見昨天圖書館裡的人數，就會知道大部分學生果然都想在週末前做個了結。一年D班似乎也有了更多動作，這樣就共計有八個人確定了搭檔。這是因為到週末寶泉也開始急了嗎，還是說……

總之，剩下還沒決定對象的學生，一年級是五十五人，二年級是五十二人。

如果其中留有White Room的學生，機率就會變得相當高。

老實說，沒有任何保證我能確實不選到White Room的學生。

理由不外乎就是對方沒有散發任何氣息。我期待某處會出現可以判斷安全的材料，於是就拖到現在，但也差不多接近極限了。在選項繼續大減以前，我必須做出決定。

雖說與一年D班的談判將至，但我也希望準備其他選項。

為了擴大可能性，我決定星期六中午過後以櫸樹購物中心為目標。

7

星期六的櫸樹購物中心當然充滿了學生。

尤其特別考試上確定搭檔的學生也不需要在找對象的部分著急，所以他們會做各式各樣的事，像是為了下星期的正式筆試和朋友努力讀書，或是為了喘口氣出遊。雖然我沒有接觸過所有一年級生，不過如果有White Room的學生，感覺我就會近距離遇見對方。不過，我卻沒有那種直覺性的切身感受。

畢竟硬要舉例的話，就只有圖書館裡和七瀨的互動。可以想像是月城和身邊的人徹底讓那個人學會「當學生」。是不是個性特殊的角色並不是問題。

對方徹底隱藏了身為White Room學生的這點。

一年前，我進到這所學校時狀態也有點類似。

被養育得非常不諳世事才會有的壞處、缺點。

就是不懂「學生」為何。

在沒安排要讓孩子上學的White Room裡，當然不會教這件事。

所以我在那段很短的期間，決定隨便「演戲」並設計了角色。

我做了各種嘗試，像是比平常的自己更愛說話，並試著改變語氣。

當一個看待社會的目光有點犀利、有點人小鬼大的學生。

嗯……雖然我最後覺得演戲很麻煩，馬上就恢復成原本的自己。

因為我知道不用隱藏原本的自己，也可以在這所學校作為「學生」繼續生活。可是，那個被派進來的人物不一樣。

對方為了不被我察覺真面目，而模擬成了假的學生。雖然不知道那個人會是個性特殊的學生，還是沒特色的學生，但恐怕都不會輕易露出馬腳。

因為那個人在那個世界一直存活到現在，所以不論是男是女都不容小覷。

就算我有自信在各自的本領上贏過，但基本上我被迫打防守戰，所以狀況是我這邊壓倒性不利。對方不論用什麼方法，只要把我逼到退學就好，可是我只能在看見對方的戰略後防禦。

這樣的我在順路逛了Humming之後的歸途上巧遇坂柳。

「你最近好像在積極地接觸一年級生呢，綾小路同學。」

「因為這次的考試，成績後段的學生就必須死命地跟上。我只是為了找到須藤和池的搭檔而幫忙堀北。」

「原來是這樣。要是他們沒找到一年級生，的確就會立刻退學呢。」

坂柳在一定程度上接受，但只有這樣她是不會作罷的。

「不過，真的只有這樣嗎？」

「怎麼說？」

「我認為為了讓你退學，一年級生應該會有來自White Room的人……或是派出接近這種人物的刺客。就算你考到滿分，只要一年級生考到零分，你就會跟對方一起被退學。我自作主張地想像你會覺得這場特別考試很棘手。」

我試著裝傻，但與其說這在坂柳的心中是偶然的想法，她的語氣更像是從一開始就理解必然會如此。

「安穩的校園生活應該無法一直持續下去了吧？只要對方有那個意思，大概也會若無其事地讓大家知道你的實力。如果這樣你還是能維持開心的校園生活，就算是我杞人憂天了呢。」

「既然這樣，這點妳就不用擔心了。」

「能讓我聽聽你的根據嗎？」

「我打算先放棄截至目前的想法。今後不打算繼續不使出全力。」

繼續校園生活，對現在的我來說，才應該放在最優先。

如果一直執著模稜兩可的事情，有可能會被乘虛而入。

「原來如此。以真嶋老師為始，你已經對特定的人物展現了部分實力，所以乾脆暴露出一切，也會有對你來說比較方便的狀況。」

坂柳開心地傾聽，並且回答我。

「言歸正傳。假如你還沒決定搭檔，為了節省功夫，就讓我助你一臂之力吧？雖然人數不多，但我對於還沒決定要確定搭檔的一年級生有些頭緒。他們是就算交給綾小路同學你，也不會有負面影響的孩子們喲。」

坂柳似乎以自己的方式做了一番調查，特地替我把她判斷沒有嫌疑的學生留到這個階段。

「真大方啊。不過，先不用了。」

「憑我的判斷，你無法相信嗎？」

因為她早就看穿我這邊的狀況是時候必須決定。

「我認同妳的實力，但我要自己決定自己的命運。」

把自己交給某人再死去，只會留下後悔。

「再說，我要如何戰鬥的方針，也在一定的程度上成形了。」

「這樣啊。既然這樣，我就別繼續說些不識趣的話吧。讓我遠遠地見識你會怎麼戰鬥。我很

期待能再次較勁的日子快點到來呢。」

坂柳說完便低頭致意，往某處走去。她完全不考慮我會被退學。某種意義上，我似乎被她寄予深厚的信任。

8

從櫸樹購物中心回家的路上。

「不好意思，可以打擾一下嗎——？」

背後傳來感覺語氣有些緩慢的聲音。

我回過頭，發現一對男女盯著我看。女生那方似乎交替看著我這邊與手機。她是一年C班的椿櫻子，另一人是同班的宇都宮陸。

「你是二年D班的……綾小路學長，對吧？」

雖然角度上看不見她手機的顯示畫面，但感覺開著OAA。

「我是宇都宮，這位叫做椿。請問能聊一下搭檔的話題嗎？」

「有關搭檔？」

「是的。我們現在在四處搭話，尋找學力C以上、願意幫忙的學長姊。」

這發展也太順利了，彷彿像是在期待走出來找搭檔的我。

要把露骨前來接觸的人視為危險，還是反而要視為安全呢？

不對，只用這種時機問題去推測，才是最危險的。

「我也因為找不到搭檔而煩惱著。可以請你們說明嗎？」

程式上可以掌握學生的長相、姓名、成績，但當然不會連性格都了解。就是這樣才會需要透過直接對話，判斷彼此是不是可以信任的人。

順帶一提，宇都宮已經決定了搭檔，但椿還沒有找到。因為她的學力是C－，絕對不算高，所以會希望和學力C以上的二年級生組隊。

他們好像在尋找二年級生裡C以上的學力，但究竟會是椿的搭檔，還是同為C班的其他學生呢？

「站著聊也有點怪怪的，去咖啡廳之類的如何呢？」

主導話題的宇都宮確實地使用敬語，向我提議。

這的確無法一兩分鐘就判斷，因此我接受這項提議，變更了地點。

雖然很擁擠，但我們還是占了咖啡廳空出的一個角落。

「事不宜遲，你們可以說明嗎？」

宇都宮看向椿，使眼色要她說話。

「因為我不喜歡做人情和欠人情，所以希望締結不會留下麻煩的關係。」

椿以有點乾脆的感覺看著自己的指甲這麼說。

若是學力C－和C的話，確實就像是誤差。

幾乎不會產生什麼優劣。

「我可以問一件好奇的事嗎？」

「當然。」

「學力C前後的學生比例最多，妳為什麼沒有立刻決定呢？」

雖然拿不了高分，但也有二年級生可以避免退學。

二年級之中應該也會有學生很樂意跟椿組隊。

直到快到後半段的這個狀況都沒銷出去，讓我放不下心。

「這是——」

宇都宮有點語塞。

椿見狀，才第一次好好跟我對上眼神。

「這是我的錯，因為我什麼都沒講。」

從這句話為始，宇都宮補充道：

「椿一開始沒有找任何人商量尋找搭檔的事情。但到了星期五，椿好像也開始著急，才來商量自己希望怎麼做……」

於是同學宇都宮才會急忙以協助椿的形式展開行動嗎？

畢竟C班好像大部分都決定了搭檔呢。

雖然說還剩下一個星期，但會著急可能也理所當然。

「因為以椿的學力，百分之五的懲罰可能會是問題。」

這好像就是他們為什麼要找學力C的我搭話。

如果這是普通的狀況，我可能就會欣然答應，不會特別猶豫。

可是我有無法立刻決定的理由。因為這跟找在特別考試開始後，聽見規則時想像到的模式極為類似。

我是學力C，組隊的機率最高的就是學力相同的學生。

現在學力C－的椿就像這樣來尋求搭檔。

椿和宇都宮是我剛在這裡認識的。首先必須試探他們在想什麼。

「我想請問一下，你說在找搭檔而四處搭話吧？那在我之前，你們找過幾個人了呢？」

我打算從這部分進攻，但宇都宮卻回以意想不到的答覆。

「對不起，我的說法有點卑鄙，因為其實你就是第一個人。」

宇都宮像是要斬斷我的想法，這樣謝罪。

「所以如果你沒辦法組隊，我們會再找其他人。」

「意思就是說，你們最先找到的人碰巧是我。」

「雖然是碰巧，但綾小路學長你會是第一個人也是有理由的——因為我們認為去拜託二年A班或二年C班的人，可能會被要求個人點數。」

原來如此。現在的確是一年級生被二年級生購買的狀況。

他在這種狀況中要求別人跟椿組隊，就算會扯上一些點數也不足為奇。可是，實際上他們要求的也不是高學力的學生。目前還有不少學生多出來，所以他們還有可能輕鬆組隊。他們應該不是沒想到這些才對。

「我覺得不會有問題，所以你們要不要找找看二年A班或二年C班？」——話雖如此，還沒決定搭檔的我這樣回應也有點奇怪。

客觀來說，我沒有任何理由對於和椿組隊表現出為難。

我在這裡能選的選項很有限。

「我還沒決定搭檔，不過目前的狀態算是有找到候選的學生。現在實際上也討論過好幾次能否合作。」

雖然有一半是在騙人，但這兩人也無從確認。

如果他們在這邊乾脆地收手，沒有嫌疑的可能性就會變高。

「這樣啊……原來如此。」

宇都宮傷腦筋地看了椿。

「這樣也沒辦法了吧？找其他人感覺比較快。」

椿一知道我有搭檔人選就打算退出。

「作為參考……請問你預定跟一年級生的誰搭檔呢？」

宇都宮在當事人打算罷手的情況下不肯罷休地詢問。

「這我不能講。唯一確定的就是不在一年C班裡。」

就算不詳細說明不能說的理由，他應該也會察覺。

既然他們彼此的關係是競爭對手，我就不能做出給敵人資訊的舉止——我這麼提醒了他。

「走啦，宇都宮同學。占用綾小路學長的時間也不好呢。」

「……是啊。」

我很想感謝他們來搭話，可是我無法立刻決定。

椿櫻子的資訊實在太少了。

「這是我的聯絡方式。」

宇都宮遞出一張感覺是預先準備、寫上聯絡方式的紙張。

「這樣說好像很自作主張，但要是我被拒絕組隊時，說不定會去找你們。如果到時你們還認為可以搭檔的話，就再拜託你們了。」

「我明白了。走吧，椿。」

椿因為宇都宮的話而放下抱胸的雙臂，站了起來。

接著簡單點頭致意後，就和宇都宮離開了。應該是要找除了我以外的人選。

「椿櫻子還有宇都宮陸。我必須再次記住他們呢。」

既然放棄讓搭檔決定下來的機會，今後的行動就會很重要。

這下如果和其他一年級生組隊，結果抽中下下籤，我就笑不出來了呢。

9

這天，二年D班的兩個女生並肩走著。

是我輕井澤惠，還有我的朋友佐藤麻耶。直到幾個月前為止，我們都經常玩在一起，但最近頻率急遽減少了。我們並不是特別發生了什麼衝突。是因為我無意間變得有罪惡感，所以難以面對她。

「抱歉啊，輕井澤同學。突然把妳叫出來。」

「不會，一點也沒有關係。我也覺得希望跟妳一起玩呢。話說回來啊，我們已經很久沒有兩個人出去玩了吧？」

「嗯，是啊——一開始入學，我們也滿常到處玩呢～」

走在稍前方的我輕輕回頭，對身後的佐藤同學提出接下來的事。

「所以要怎麼辦？吃午餐的話，時間有點早耶。」

時間才剛過上午十一點。

佐藤同學打過來，提議希望在櫸樹購物中心的周邊隨意走走。

可是一旦靠近櫸樹購物中心的門口，她就著急地叫住了我。

「那個啊。」

「嗯？」

「要不要稍微……往那邊走呢？」

佐藤同學指著與櫸樹購物中心無關，通往校舍的方向。

「學校？妳有什麼事嗎？但我記得假日穿便服不能進去吧？」

「我不是有事去學校……是現在想去不會有其他人的地方。」

我不懂佐藤同學想說什麼，而皺了眉頭。

不對，我心裡有頭緒。

但我還是把這想法推到腦中一隅，想要相信不會那樣。

我繼續假裝什麼都沒發現。

「怎麼啦，佐藤同學？不知道該說這樣很不像妳，還是該說妳很沒精神耶。」

「……我有些話，想要跟妳說呢。」

我有股不好的預感，但在這裡沒有不聽她說的選擇。

我欣然答應，並和她兩人離開櫸樹購物中心，前往校舍的方向。

雖然是理所當然，但附近變得沒有人煙，在這裡的對話也不會有人聽見。

「妳別客氣，就跟我說嘛。我們是朋友，對吧？」

我這句話非常過分，絕對不算是溫柔。

就算有自覺，我也必須說出口。

我是輕井澤惠，在二年D班是女生領袖般的存在。

我是以自己為中心思考，不會深入考慮他人的心情那種自我中心的人。

否則至今的形象就會瓦解。

佐藤同學對我的印象，應該就跟我剛才說的一樣。

所以她既不灰心，也不生氣。

她會自作主張地替我解釋，認為輕井澤惠就是無憂無慮地，什麼都沒有在管。

她也許會就這樣自己做結論——我心裡也有這種期望。

認為她可能會避免特地說出口，導致跟我之間關係變得不好。

可是——佐藤同學沒有停下來。

「輕井澤同學妳啊……為什麼要跟平田同學分手呢？」

「咦——？我沒說過理由嗎？」

雖然不是很直接，但正因這也跟清隆密切有關，我的心跳加速。

即使如此也能不表現出這點，應該是多虧目前為止的經驗。

「那個……我算是聽過理由了啦，可是有點說不通。」

「是嗎？雖然我是覺得有點浪費啦。難道妳正在瞄準平田同學的女友之座？」

佐藤同學已經不把清隆那種人放在眼裡了。

我期待這種事，而說出確認般的發言，但佐藤同學沒把這句話聽進去，反而對我說出從背後偷襲般的話。

「輕井澤同學會跟平田同學分手，應該是因為有其他目的吧？」

嗯，佐藤同學果然察覺了。我喜歡清隆，還有我們的關係正在改變……

「這什麼意思——我搞不太懂耶。」

至今為止的我，都是在強行構成一如往常的自己。

就算未來我和清隆的關係遲早會曝光，但既然決定要隱瞞，我就只能完美地不斷逃避。

不管她拋出什麼話，我都做好覺悟要在表面上巧妙地掩飾。

不對，我以為自己做好了覺悟。

「……輕井澤同學……妳在跟綾小路同學交往嗎？」

「咦……？」

正因為這樣，這一擊出乎我的意料。我慢了一步應對這個彷彿從背後打上來的攻擊。

先不說其他人，面對佐藤同學，慢一步應對就會是致命傷。

我的內心理所當然地被她看穿。

你喜歡他嗎？——如果是被問這種問題，我一定可以成功熬過。

但佐藤同學的這句話，又更往前踏了一步：

「……果然是這樣，對吧？」

「等，咦，不不不，怎麼會變成這樣啊！」

我當然要否認。不管打不打算這麼做，我都要否認。

因為我不能在這個時機承認。

「我跟……那個……為什麼……」

我打算否認的話語，都被佐藤同學的雙眼吸了進去。

——被快要哭出來，卻又憤怒的那雙眼。

這也理所當然。佐藤同學信任我，所以找我商量她和清隆的關係。

我隱瞞了自己逐漸被清隆吸引的事實，並且協助了她，後來居然還跟清隆交往。換作我是佐藤同學的立場，我說不定都賞她巴掌了。

已經就算不予以肯定，這在佐藤同學心中也轉為確信。

「從我拜託妳撮合我跟綾小路同學時，妳就盯上他了嗎？妳在那之前就喜歡上他了嗎？」

「等、等一下啦，我……」

我已經只能承受佐藤同學放出的箭了。

「我……我對松下同學她們說過一樣的話——說妳是不是因為喜歡綾小路同學才跟平田同學分手。可是，我可不是隨便說說的呢。那個，因為我是用自己的方式得到把握……所以才會那麼說。」

松下同學懷疑清隆跟我的關係，這件事我已經聽說了。

這個狀況已經沒辦法敷衍過去了。

「妳老實告訴我。否則，我會……無法再把妳當朋友看待。」

這個詢問含有強烈的想法。

倒不如說，這女孩直到最後都想跟我繼續當朋友。

「這……」

我不能繼續辜負佐藤同學認真的眼神。

我該從何說起呢？

不對，就算隱瞞也一定沒用。

在這裡把能說的都和佐藤同學坦白，就是最起碼的謝罪。

「我……正在跟綾……不，就像妳說的那樣，我正在跟清隆交往。」

佐藤同學聽見這句話，反應當然很強烈。

就算一度告白被拒絕，佐藤同學還是一直喜歡著清隆。

那種事情就連喜歡上同一個人的我也明白。

「原來妳叫他清隆啊。」

就算想要逃避這種有點冷淡的眼神，但我也沒辦法逃。

「我們是春假的尾聲開始交往。真的是不久前開始的。」

「我最想問的，是妳從什麼時候開始喜歡他喲。」

「……具體來說不知道。可是，從妳找我商量時開始，我就把清隆視為異性開始在意了。」

「這樣啊……」

我認為她並不滿意我的回答。

「妳在生氣，對吧？」

佐藤同學到剛才都直接凝視我，現在卻變得無法正視我了。

「感覺很差呢。因為妳知道我的心意，卻在背後跟綾小路同學拉近距離。」

關於這點，我完全無法辯駁。

「不過，畢竟我的告白被綾小路同學拒絕……所以也不是能生氣的立場呢。可是……」

我的眼前吹過一陣溫柔的春風。

冰冷的聲音響起後，我發現自己的左臉頰被她賞了巴掌。

「這樣就扯平了……妳能接受嗎，輕井澤同學？」

我有點沒料到她會賞我巴掌。

因為我做的事在佐藤同學的心裡就是如此難以原諒。

「要再多賞我一巴掌嗎？」

我心想乾脆趁這次機會，於是也決定獻出自己的右臉頰。

因為即使如此，佐藤同學受到的傷害都遠比我還要深。

「不，這……我的勇氣可能不太夠……是說，對不起，打了妳……」

「不。我才要說對不起。因為不小心跟妳喜歡上了同一個人……」

「沒辦法嘛，綾小路同學很帥氣，完全比平田同學還要帥。」

我不由得大大張開雙手，緊抱佐藤同學。

「哇，欸，輕井澤同學！」

「……真的很對不起！」

「沒、沒關係啦，真是的……」

我充滿歉意，但也忍不住這份喜悅，所以做出這種行動。

喜歡上同一個人很難受，但是，這表示她也明白對方的魅力。

這不是可以論輸贏的狀況。

因為今後發現清隆魅力的人一定會漸漸增加。

為了不輸給她們，我必須戰鬥。

如果依賴女友的這個地位，一定會被乘虛而入。

競爭對手也有可能是佐藤同學。

「要不要去喝杯茶？」

佐藤在我的雙臂之間點頭，答應了我這句任性的話。

退學的腳步聲

星期天晚上八點半過後。七瀨指定的日子到了。

在今天的討論上，有可能就會決定能否和一年D班合作。

不對，我們必須採取行動讓雙方能夠合作。

一年D班和二年D班以外的大部分學生都已經決定了搭檔。

如果沒在這場討論上談妥，為了避免懲罰，我方也可能被迫做出巨大的讓步。

討論上會有我、堀北，以及因為本人強烈要求而同行的須藤。

應該多少也是有希望跟堀北待在一起的想法，不過很大的部分是因為在提防寶泉。視狀況而定，可以預想就算對象是女人，寶泉也會若無其事地出手。他是為了保護堀北的護衛。堀北當然有表示不需要，並且拒絕了他，但須藤還是不肯罷休。可是，這次堀北不管被拜託幾次，都沒有答應須藤。她可以預想到談判場面會很正經，於是判斷須藤的存在會是累贅。不過，我還是對這個判斷喊停了。

理由就是萬一發生不測的事態，須藤可以代替我行動。

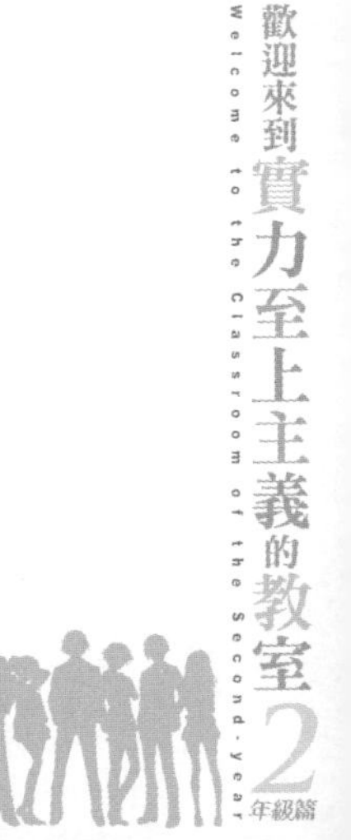

如果是須藤的實力，應該可以平息那種場面。

結果，堀北以絕對不能在討論上發火、恐嚇別人為條件，允許了他的同行。

「嗨！」

我下樓來到要碰面的宿舍大廳，發現須藤已經坐在沙發上待命。

而且也開朗地對我露出有精神的笑臉。

我必須稍微修正。

不是「多少」的程度，他希望跟堀北待在一起的想法好像很強烈。

「考試讀書那邊還順利嗎？」

「這還用說嗎？抱歉啊，我這次打算最少也要考到兩百五十分呢。」

如果現階段學力審查是E的須藤考到兩百五十分以上，這種成果就能說是爆冷門了。

下個月之後在OAA上的學力判定，也可能會躍升C前後。

他似乎並非只是嘴上說說，真的付出了足以證明這份自信的努力。

他的遲到大幅減少，上課態度也非常認真。

「該說你變了很多嗎……你好像喜歡上讀書了呢。」

「我並沒有喜歡啊。不過，解開題目是滿開心的啦。而且，光是能被鈴音誇獎，我就會湧出一直讀下去的精神呢。」

一開始入學的帶刺感已經沉著下來。動不動就發火的壞習慣似乎不會簡單治好，但鈴音在的話，他就能打消念頭，所以這也算是及格了。

他好像抑制不住雀躍，而站起來看了電梯裡的監視器。

然後再次坐下，又是碰碰手機，又是碰碰頭髮。

就像是要去赴約人生第一場約會的少年心境。

「欸，綾小路。」

須藤發現我在看他，他看著監視器畫面這麼低語：

「假如我在現階段告白，你覺得鈴音會答應嗎？」

從他側臉可見的表情，不知從何時開始變得很認真。

面對這樣的須藤，我應該不能隨便回答。

「大概沒辦法吧。」

他或許會很喪氣，但這純粹就是旁人的想法。

他一定不會滿意這個答案吧，雖然我這麼以為……

「也是呢。」

須藤像是早就知道般，眉頭都沒皺一下地同意我的回答。

「我也知道鈴音不是會講那些男女情愛的類型。可是啊，不光是這樣……因為她不可能從現

在的我身上感受到魅力啊。我到目前為止，究竟自以為是地給鈴音——不對，給班上的同學們添了多少麻煩呢。」

他說考慮到這點，堀北就不可能願意跟他交往。

「我現在有在努力了，但當然不認為這樣就會抵銷自己給班上添的麻煩。接下來的兩年，我會增長自己擅長的部分，一點一點地改掉缺點。這麼一來，畢業時，就能為班上派上用場。」

「這樣啊，可能吧。」

正因須藤擁有罕見的身體能力，所以對班上來說，可能會是很值得依靠的存在。

他應該可以成長到就像洋介和櫛田那種不可或缺的一員。

而且他也開始可以冷靜地看待自己了。

正因為須藤是這種狀況，我心裡浮現了想問的問題。

「假如你很努力，而且變成班上最有功勞的人物……如果就算這樣堀北也沒有看著你，到時候你要怎麼辦？你會變得討厭讀書嗎？」

人類潛藏著知道努力不會開花結果，就會墮落的可能性。

尤其須藤是打算為了堀北而努力。

「當然會變得不想讀吧？是說我可能還會很想死，說不定會想揍人。不過啊，要是我實際做出那種事，鈴音應該會很失望吧？放棄讀書或是大鬧，那可是超糗的呢。我一點都不想做。」

這些話真是了不起。他的想法當然貨真價實。不過，這件事要在成真時，才會實際考驗其真正的價值。不管做出多少負面假設並做好防禦的覺悟，痛苦來襲之時，很多事都會改變。話雖如此，要是在這個階段就能說到這種程度，就暫且不需要擔心了。

「哦，好像來了耶。」

可以看見堀北搭進電梯的身影了。有點興奮的須藤為了讓自己冷靜，暫時離開原地背對著電梯。他以像是要做廣播體操的形式，向前伸出雙臂，接著向上舉，然後往兩側傾斜展開。同時深呼吸。

過沒多久，電梯就在他深呼吸時抵達一樓。

「久等了。須藤同學在做什麼？」

「好像是在深呼吸。」

堀北露出感到有點不可思議的表情，但馬上就恢復成平時的撲克臉。

集合的目的地是櫸樹購物中心裡的卡拉ＯＫ。平日假日最晚都允許利用到晚上十點，所以作為可以玩到很晚的地方，這裡很受歡迎。說到卡拉ＯＫ，當然算是娛樂設施之一，是經常被用來紓壓或和朋友聊天的地點，不過在這間學校裡還有另一個重大的職責。

就是機密性之高。很適合不被人看見，進行詳細的商量。

要在學校用地內不被別人發現地密會，這會是最簡便的地點。

只論機密性的話，沒有地方會勝過自己在宿舍的房間，但這怎麼樣都會限定於特定的人物。下星期的考試也近在眼前了，因此今天這時間也感覺不太到有什麼人煙。

要私下跟寶泉討論，這也可以說是最佳的時機。

「欸，那個人小鬼大的臭一年級生，真的可能變成夥伴嗎？」

「如果不覺得可能變成合作關係，我一開始就不會撥出時間了呢。」

這話說得對。就是因為判斷有可能，現在才像這樣前去見面。

「目前大部分的優秀一年級生都被坂柳同學和龍園同學扣住了。而一之瀨同學則是出聲救濟弱者。我們要介入其中，只能靠點數和信任來戰鬥。」

「我們比點數的話贏不了坂柳他們，在信任上也贏不過一之瀨……對吧？」

「對。正因如此，寶泉的存在對我們而言既是危機也是轉機。」

他不屈於A班充滿魅力的稱號，以及半吊子的個人點數。

面對一之瀨的援手，寶泉也不屑一顧。

就是因為這樣，可能性也會輪到我們D班的身上。

「就看我們結下契約，可以不要讓步到什麼地步了呢，爭論點就是這個了。」

「是啊。時間越少，焦急的越會是我們二年級。既然多數學生都已經找到搭檔，我們就無可避免會變得不利。」

要是拒絕寶泉可能會提出的條件，他就會毫不留情地轉換到讓同學隨機組隊的方向。根本不害怕自己的同學受罰。

堀北會怎麼對抗寶泉，就讓我見識一下吧。

1

「對了，是約在九點見面吧？會不會有點太早？」

現在時間還在九點之前，距離約定時間大約有三十分鐘。

「沒關係，因為我想先到。」

須藤不太能理解為什麼，但還是沒有多嘴地跟了過來。

她是為了精神上的餘力，還是在提防會有什麼類似陷阱的東西呢？

須藤認為反正對方是一年級，但對照之下堀北就完全沒有鬆懈的表現。

雖然是過度的戒心，但如果是面對寶泉這名學生，或許也不能算是嚴厲呢。

我們從店員那裡收下寫著房號的紙和夾板，進到房間裡。

「你能先轉達七瀨同學嗎？」

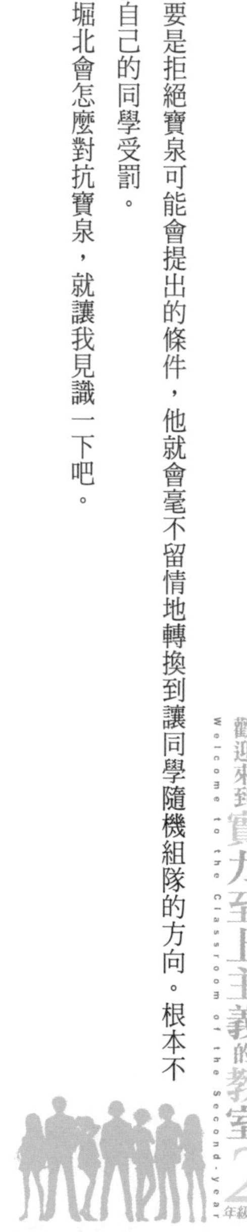

「我知道。」

我傳訊息給七瀨，轉達已經進到店裡的主旨。

她沒有特別驚訝，我收到她說會在預計時間前抵達的回覆。

「先點我們的飲料吧。」

「不用等他們嗎？」

「沒關係。」

我們各自決定好飲料後，這次也看了食物菜單。

「需要的話也可以點餐。你需要什麼嗎？」

「那就薯條。這樣好嗎？」

「沒關係。」

堀北用室內裝設的電話轉達了想要的飲料與食物。

因為稍微點了餐，覺得緊張感被緩解的須藤握住了麥克風。

「呃──那麼距離約定時間也還有空閒，要唱一兩首歌嗎？」

「我不唱。」

「妳不唱喔？」

先抵達卡拉ＯＫ，以及點了飲料和食物。

這從須藤的角度來看應該是同一回事，實際上大概也沒什麼不對。

須藤是因為想聽堀北的歌聲吧，所以露出了很遺憾的表情。

「須藤同學，我姑且再次提醒你，你不要說出任何多餘的話。」

「我、我知道啦，但妳也偶爾提醒一下綾小路嘛。」

「畢竟他不會多嘴。倒不如說，他是連必要的事都不會說的人呢。」

何止沒被誇獎，還被發了牢騷。

須藤好像對堀北這種回答有些不滿，而嘟起了嘴。

接下來到了約定時間，七瀨先現出了身影。

「學姊，久等了。」

「讓開，七瀨。」

從七瀨身後叫她，強行讓她往前走的就是寶泉和臣。

「你按照預定過來了呢，我還以為你鐵定會大遲到。」

就算跟遲來巖流島的宮本武藏一樣使出讓對手急不可耐的手段，也不足為奇。堀北對寶泉說道。

「我是如果決定要去，就會遵守時間的人呢。我不喜歡那些只是稍微遲到就打算刁難的人。是說，你們好像很早到……就這麼不喜歡先等著啊？別這麼緊張嘛。」

「可以不要隨便解讀嗎？我們只是想要盡情享受難得的卡拉ＯＫ呢。」

堀北說完，就像是叫寶泉拓展視野地說道。

桌上有喝到一半的飲料，外加一些食物。

她準備了簡直到剛才都在享受卡拉ＯＫ的演出。

「好像是這樣呢。」

意思也就是說，談判已經開始了。

「算了，沒差。是不是虛張聲勢，談過就會知道了呢。」

寶泉表現出讓人難以想像是一年級生的大人物模樣，深陷在沙發裡。

他張開腳，一人就使用了大約三人份的空間。

「所以呢？就七瀨的說明，妳想要請我的班級幫忙，是吧？」

我的班級——寶泉似乎認為Ｄ班已經完全在他支配下。

入學還只有大概兩個星期，但他的發言裡卻看不見任何膽怯之處。

「有點不一樣呢。我是說——就算你要我跟你的班級聯手也可以。在此不存在尊卑，只會存在對等的關係。」

「原來是這樣啊。就是說你們也不會提出自己高一個年級的這點呢，不擺學長姊的架子，是個很明智的判斷。」

七瀨只是聽著寶泉說，沒特別肯定或反駁。

考慮到她負責不少中間橋梁的職責，以及是唯一被叫來這個場面的人物，寶泉應該毫無疑問很欣賞七瀨。

是欣賞七瀨有勇氣敢說出不屈服寶泉的暴力威脅，還是其他部分呢？不論如何，我們也有拉攏七瀨進攻的辦法。

「我知道在團結力還很薄弱的一年級之中，有一定的族群不把同學的困擾當作一回事。可是，你只要看看我們，應該就會很清楚了——清楚今後需要同學力量的時刻一定會到來。」

「所以我們要合作避免同學不及格……就是這個意思吧？」

「如果你把自己班上當成所有物那般順利掌控，只論這次的話，就方便了呢。你只要一聲令下，就會有很多人服從吧？」

寶泉將左手小拇指戳入左耳，動動手指。

接著豎起了拔出的小拇指，就這樣對著堀北吹氣。

須藤繃緊了臉，但還是遵守忠告，使勁忍下來。

他在大腿上緊握的拳頭顫抖著。

對於寶泉這單純低級的行為，堀北承受了下來，沒有撇開眼神。

「可以不要這樣嗎？」

「說起來——」

寶泉不知有沒有把堀北的忠告聽進去，自言自語地說起話：

「妳就是二年D班的領袖——我可以當作是這樣吧？」

他現在才確認這個作為大前提的疑問。

「可以這麼理解。」

「我認為堀北學姊在能力上完全無可疑之處。」

此時七瀨第一次對寶泉開口。

「既然這樣，我就給領袖一個忠告吧。我一點也不打算就這樣用什麼『對等』的字眼含糊其辭，並且跟妳合作。」

果然不是普通方法就行得通的對象。

我們想設法保護同學，對照之下，寶泉則認為捨棄也無所謂，產生差距是無可避免的。

受到的罰則是退學，以及停止三個月的個人點數，嚴重度原本就過於不同。

「也是呢，你就是這種人。」

「妳知道的話，就別語帶保留地說清楚嘛。我會好好聽妳說。」

「聽？你在期待什麼？你以為我會為了要你幫忙就付點數嗎？」

儘管狀況很不利，堀北也不為所動，沒有表現任何的讓步。

「妳會給的，會給的呢。這件事不給點數不行吧？七瀨，我要水。」

寶泉看著卡拉ＯＫ的菜單，對七瀨做出指示。

七瀨點頭後，就用電話向店員點了水。

「我再重複一次，這次的提案是對等的，絕對不會有哪方必須交出金錢、物品，或是給某些回報。」

「既然這樣，我可會連水也不喝，就要回去了喔。」

他毫不猶豫地拍了一下大腿，暗示自己要回去。

「請等一下，寶泉同學。我認為你應該仔細聽一聽堀北學姊的話。」

喊停的是在寶泉身旁聽著這些話的七瀨。

「仔細聽？沒那個必要啦。」

「不對，有必要。這樣下去，我們班會沒辦法團結。」

堀北不動聲色的觀察七瀨與寶泉對話的情況。

「所以是怎樣？不服從的傢伙就放著不管啊，嘍囉就算消失了也不會讓人傷腦筋。」

「這樣可不行。」

「七瀨，妳是白痴啊？」

與其說是生氣，倒不如說他似乎非常傻眼，嘆了口氣。

「我們乖乖接受條件根本沒有好處。」

「我知道寶泉同學你想說的。畢竟是堀北學姊他們二年級那方在拚命保護同學，事實上應該也有必須保護的理由。如果我們不伸出援手，也會出現可能退學的學生。即使他們在這個場面上逞強，也遲早必須讓步。你就是在等這種事吧？」

七瀨似乎並非什麼也不懂，單純在插嘴而已。她這麼說下去：

「我不認為寶泉同學的戰略很糟。在各班開始尋找搭檔的情況下，你刻意不動作，放過早期的談判。這是為了讓談判變得更有利。」

期限越短，剩下的二年級就會越焦慮。

就連原本不值得付出回報的學生都會產生價值。

「既然妳懂，妳就說說看我在這裡對堀北伸出援手會有什麼好處吧。」

「就是信任關係。」

七瀨看了堀北，堀北也以回應這句話的形式點頭同意。

「不要笑死人。信任關係？這可是完全沒屁用的漂亮話啊，喂。」

「真的是這樣嗎？」

七瀨以「信任關係」這句話正面面對寶泉。

「這次的特別考試上，我們或許的確沒什麼必要讓步。可是，今後的考試未必也同樣行得通吧？假如寶泉同學跟所有二年級生為敵，不管你打算準備多少點數，也可能會陷入無法決定搭檔的不測事態。如果只是在點數上受罰倒是還好，但要是搭檔的對象故意放水，你該怎麼辦呢？這樣退學就會無可避免。」

「哈！難道會有人擁有跟我同歸於盡的覺悟？」

「聽說這所學校的制度中，有個叫做保護點數的東西呢。」

七瀨在此才把視線從寶泉移向堀北。

這是我星期五在圖書館裡提過的話題。

堀北有點驚訝，但隨即就掌握情勢，點了點頭。

「嗯，那是會讓退學無效一次的特殊點數。」

從寶泉的樣子來看，他無疑是第一次聽說。

「你剛入學，難怪會不知道。就是因為這樣，你才要先記住這件事情。要是今後有類似的考試時，你組隊的對象擁有保護點數的話……視情況而定，也會變成是你單方面被逼到退學。」

與越多人為敵，越會有這種發展等著他。

寶泉越讓人怨恨，就越是有人會為了讓他退學而祭出強硬手段。

「正因如此，我們現階段就有必要建立信任關係吧？」

「原來如此。妳依妳這笨蛋的方式做了把我逼入絕境的準備啊？」

「我是一年級生，當然會優先考量一年D班。然後，就是因為認同你是必要的存在，所以我不希望你只看見眼前而失策。」

堀北了解寶泉這名學生，而且也很注意七瀨這個存在。

她漂亮地引出七瀨的協助，對寶泉放出了一支箭。

從不利的狀況好轉。

接下來就看寶泉理解後會不會接受。

是否即使抱著將來會很不利的覺悟，仍要求某些回報呢？

「雖然在你們凝聚智慧的時候這樣說很不好意思——但我不打算對等合作。」

七瀨和堀北打下了讓他回答YES的基礎。

但寶泉沒做出任何考慮的動作，也沒有點頭答應。

「喂，寶泉，你真的有覺悟跟我們二年級生為敵嗎——」

堀北伸出手臂，制止打算緊咬上去的須藤。

「他還沒離開談判桌呢。」

「是啊，別搞不清楚就判斷啊。」

寶泉就這樣保持強硬的態度坐在沙發上，沒有要回去的動作。

「但你到底想怎麼樣？我們不打算改變對等的這點。」

「我看了已充分明白。我就認同妳很有膽量吧。」

寶泉就像是在盛讚堀北的努力奮鬥，而拍了五下手。

「不過，我不論如何還是不認為這會是對等的關係耶。」

「換句話說，只要有對等的證明，你就會合作嗎？」

「嗯，可能是吧。」

「不過真是奇怪呢，明明提出一樣的條件，你為什麼不能覺得是對等的呢？」

「妳說會給我們類似信任關係的東西，但這是互相的吧？我們不需要為此感激地讓步。雖然妳暗示今後一年D班可能會陷入類似狀況，是件讓人感激到流淚的事啦，不過這不是確實的未來，都是妳自作主張的預測呢。」

寶泉的說詞也確實有道理。

堀北的提議，基本上是用對等的條件互相扶持，但仍會是二年D班尋求救贖的狀態。要他們接受這點，我們相對地就要拯救一年D班遲早都會面對的窘境。

換句話說就是保險手段，而且他們也很有可能不利用。

「是嗎？你都說到這個份上了，作為參考，能讓我聽聽你的要求嗎？」

「妳把個人點數一百萬以保證金的形式交給我。假如我們有煩惱，有事拜託你們二年D班的話，那我會很樂意全額退還。」

從別班可能在談的價格來看，這算是很便宜的數目。

假如他們沒利用保險手段，就會直接收下那一百萬。

這代表著全部的點數都會進到寶泉的口袋。

「如果就像妳說的那樣，信任關係在未來會很重要，這應該不算什麼吧？」

要是他們一定會有求助的時機，這一百萬確實也能說是會回來的東西。

「需要的話，我就書面留下紀錄吧？」

要是在書面上留下紀錄，應該可以對校方發揮效力，但前提是寶泉會來拜託我們。

如果陷入自己要退學的窘境或許會依賴我們，但他會不會為了同學，不惜歸還一百萬也要來找我們幫忙，就很難講了。

換句話說，這比起把點數交給個人締結契約更危險。

寶泉拋出很高明的談判。他不只是單純對打架很自豪。

他是能像龍園那樣耍花招的強敵。

「你說的話，的確不是沒有道理，可是我無法接受那些條件。」

「是嗎？那還真遺憾。我都讓妳看了解決的頭緒，談判卻還是難以進行啊。」

「是啊。」

她好像不打算不惜妥協，讓寶泉占便宜也要結下這次的合作關係。不過這樣就要依賴隨機組合了。就算要投入資金，我們也必須把學力低的一年級生完全丟到別班，迴避風險。

「哈。」

寶泉簡短一笑，現在才把陷在沙發裡的身體向前傾。

然後伸出壯碩的手臂，揪起堀北的衣襟。

對這行為率先採取行動的，是在她一旁守著動向的須藤。

他抓住寶泉粗壯的手臂，狠狠地瞪著寶泉。

「喂……別對女人動手動腳。」

「噢。這邊就輪你這個笨蛋出場嗎？」

「冷靜點，須藤同學。」

「可是啊……！」

「沒關係，談判還沒結束。」

看起來像決裂，但寶泉的口中的確沒有說出半句「談判破裂」。

「居然露出充滿自信的眼神。妳以為我不會對女人動手嗎？還是說，妳認為憑一個女人就能贏過我？」

「這句話真是不合時宜呢。這種會與世上女性為敵的發言，我勸你還是注意點。」

「既然這樣，我就告訴妳一個好辦法。如果妳在打架上制伏我，我也可以無條件跟妳締結合作關係喔。」

事到如今，寶泉說出了兒戲般的發言。

「那就由我來打贏你。沒有怨言吧？」

「不管是須藤，還是在那邊呆呆看著的綾小路——或是堀北妳，我都很歡迎。」

「不然你們就三個一起上。」寶泉自言。

「可以吧，堀北？如果我贏的話，契約就會成立……我已經火大到不行了。」

寶泉一直不打算放開抓著胸襟的手臂，須藤對此逐漸迎接了忍耐的極限。

「靠打架決定合作關係的有無，實在太蠢了。就算這是唯一的談判素材也不該接受。」

「為什麼啊？寶泉說可以，所以應該沒問題吧？」

堀北沉著地說出自己的想法，沒有聽進須藤的話。

「我還以為你是個更聰明的人。你第一次在二年級地盤露臉時說的話，讓我感受到你有想要D班之間合作的意思。如果做得到班級單位的合作關係，我也贊成那是件非常棒的事。」

「說起來，我或許是說過那種話呢。」

「可是——那是我自作主張的誤會。你完全沒有在思考。」

堀北閉了一下眼，吐氣般地繼續說：

「談判破裂了。」

不是由寶泉開口，堀北以自己退出的形式宣告談判結束。

這瞬間，從頭到尾都很開心的寶泉才稍微露出蘊含怒氣的表情。

因為寶泉鬆開了抓住胸襟的手，所以須藤也忍下怒氣，想要重新坐回去。

下個瞬間——

嘩啦！——卡拉OK包廂裡水花四濺。

寶泉用壯碩的手握住杯子，對堀北的臉潑了水。

這也是堀北無法料到的行動。

可是，狀況在堀北發出像樣的聲音之前就有了變化，須藤爬上桌子撲向寶泉。

「這傢伙————！」

就算是勉強忍下來的須藤，也因為堀北被潑水而動怒了。

寶泉一副徹底瞧不起人的態度。

須藤看見喜歡的女人被汙辱而憤怒，應該任何人都無法責怪他。

「住手！」

打斷須藤咆哮般大聲說話的不是別人，就是堀北。

再慢一秒，須藤的拳頭大概就會直擊寶泉臉頰的時間點。

「須藤同學……不要隨便中了他的戰略。」

「就算妳這麼說……！」

堀北凝視寶泉，沒有做出擦拭濕髮的舉止。

「如果你對談判破裂很不滿，就應該周旋得更高明一點呢。」

為了班級，她應該無論如何都希望統籌跟寶泉的合作關係。

可是，她似乎判斷繼續牽扯下去，就算相抵也會是虧損。

堀北就像是看清了至今都直盯著自己的寶泉，於是撇開了視線。

「回去吧。」

「這、這樣好嗎？」

焦躁地如此反問的人是須藤。

「沒關係嗎，寶泉同學？」

七瀨幾乎同時向寶泉確認同一件事。

「啊？」

「我認為應該要和堀北學姊合作。」

「哈，是對方離開談判桌。不需要由我們讓步。」

寶泉他們對於堀北中止談判沒有異議，接受解散這個場面。

我輕瞥一眼堀北，觀察她的狀況。在這裡談判破裂會是很大的損傷。

但我看見的那張堀北的側臉，還沒有轉為失望。

而是露出彷彿還正在談判的表情。

2

堀北結完卡拉ＯＫ包廂的帳單，我們三個就一起離開店裡。通常這樣就會解散，但寶泉和七瀨也跟了過來。須藤會不時回頭威嚇似的瞪人，但回宿舍的路途到中間都是同一條，所以他不至於出言抱怨。

寶泉似乎理解這種狀況，一副覺得很好笑地來搭話。

「等一下嘛。」

「沒必要等吧？討論已經結束了。」

堀北只有棄而不顧地應對，但寶泉沒有作罷的跡象。

看來堀北孤注一擲的賭注，開始往好的方向移動。

「妳說得沒錯，堀北。我那天就是為了見二年D班才過去。我很快就知道這間學校裡D班是最底層的班級。如果要被其他班級以貶低的態度對待，同樣是D班的合作才會是最快的。」

就如堀北所料，寶泉對二年D班送出了信號。

但是不是跟堀北一樣為了締結對等的合作關係，就另當別論了。

「所以呢？」

「所以個頭啊。談判破裂，真的好嗎？這也表示著我跟妳是類似的人，都是想著同一件事的領袖喔。」

「只要你一直對我們做出胡鬧的要求，這就不會改變。」

「既然這樣，妳打算抱著就這麼隨機組隊、接受懲罰的覺悟參加特別考試嗎？」

「是啊。如果有必要的話，我也有覺悟受罰呢。」

這是嚴重的事態，但也不是絕對無法熬過的試煉。

多虧櫛田他們，班上學力接近E或D的學生都開始確保了安全。

「我知道了。既然這樣，這種提議如何？」

面對不認為談判重啟的堀北，寶泉單方面地說起話來：

「我會命令班上的人跟你們組隊，所以妳要給我點數。兩百萬。」

何止讓步，他還進一步追加點數，強硬要求重啟談判。

「兩百萬？你露出真面目了呢。」

「要說什麼都是妳的自由。不過，你們要確實避免退學，就只有這個辦法。別班多數人都已經決定搭檔並告個段落。妳就算捨不得出錢，也沒有任何好處喔。還是說，妳想被我擊潰呢？」

「擊潰？你打算怎麼擊潰？你們只是受到不在考試上放水的規則保護，不會被退學而已。你沒有勇氣打破這點吧？既然如此，我們只需要準備好不論變成什麼組合都能確實拿到五百零一分。」

這是劃分一年級生與二年級生的分歧點。

在這裡停下腳步的堀北回頭這樣問。

「我不是要用那種拐彎抹角的方法，我只需要用這個擊潰妳。」

他緊握拳頭，無畏地笑著。

「暴力下的支配……到處都有想著這種事的人呢。」

「就算妳不喜歡，這也是我的做法。」

「是嗎？這樣我們說不定一輩子都無法互相理解了。」

在岔路停下腳步的堀北，再次邁步而出。

堀北直到最後都沒有表現出屈服。

倒不如說，應該是因為面對寶泉無法屈服。

屈服的話，就絕對無法建立對等的關係。

「等等。」

「又有什麼事？」

「我知道了。我可以考慮剛才的事。」

最後的最後，寶泉才說出難以想像是他會說出的話。

「你在打什麼主意？」

「直到最後都盡量談得讓自己有利，不是理所當然嗎？」

「這只是為了引妳讓步的戰略。」寶泉這麼開口。

「既然這樣，也就是你同意完全的對等合作關係？」

「基於這點，我要進行延長賽。這裡可能會引人耳目，我想換地點。」

現在是星期日接近晚上十點。大部分的學生應該都回宿舍了，可是有人過來的話，就無法避免會被聽見內容。

「就算這樣，我也不能把你們帶到宿舍裡呢。」

考慮到門禁，今天已經沒有適合討論的地點。

然而，現在彼此的時間都在消逝，這也是不希望拖延的問題。

「哪裡都好。不管是宿舍後方還是哪裡都可以，只要有一點時間，就會談妥了。」

堀北當然不可能不配合展現這種自信的寶泉。

因為儘管冷淡拒絕，她還是期望寶泉會追上來。

「……好吧，給你十分鐘。」

「往這邊走。」

我們被引導到去年三年級生們用過的宿舍——也就是今年一年級生使用的宿舍的方向。

接著從宿舍正面繞到背面那側，變更了地點。

因為這個格外黑暗、安靜的地點，除了倒垃圾以外都不會經過，不會用於其他用途，因此這個時間大概不會有什麼人。

「那就重啟談判吧。我們提出的條件不會有任何改變，這樣可以吧？」

「我想想……」

做出思考動作的寶泉一度雙手抱胸。

他很快就鬆開抱著的手臂，接著豎起右手的食指、中指、無名指。

「三百萬。如果你們能提供給我，我就會立刻拯救那些笨蛋。」

面對這個提議，包括我在內，現場所有人都只能陷入沉默。

「你在說什麼？」

所謂的傻眼就是這樣吧。堀北也不由得反覆嘆息。

原本應該是為了要恢復破裂的談判，他卻提出了追加的點數。

甚至讓人覺得很欠缺常識。

「妳不懂啊？我說給我三百萬，就跟妳聯手。」

「你別開玩笑了，我們剛才就說不會拿出任何點數了吧！」

「我沒有在開玩笑，所以不是像這樣安排了再次談判的場合嗎？」

他把叫別人安排的談判場面，說得像是自己籌劃的一樣。

「打算聽你說話，是我的判斷失誤了呢……」

她抱著一絲希望，認為寶泉會有正經的判斷。這並沒有實現。

「等一下，妳以為自己能回去嗎？」

寶泉把拳頭輕捶牆壁，表現出威壓的態度。

「難道你認為如果是這個不會有人看到的地方，你拿手的暴力行為就行得通？」

「至少能把你們打得半死喔。」

「既然這樣，就隨你高興了呢。」

堀北搖頭，打算離開這個地方。

因為她不認為寶泉會認真使出物理性的手段。

可是——

站在一旁的七瀨卻稍微撇開臉。

彷彿預見了接下來會發生什麼行動。

寶泉的身體動作了。

「鈴音！」

須藤大叫，急忙跑來拉住堀北的手臂。

寶泉的踢擊迅速穿越了堀北直到剛才都站著的地點。

接著，龐大的身軀一口氣往堀北靠近。

「唔，你在做什麼——！」

堀北發現他認真要動手，可是身體的動作還很僵硬。

須藤保護堀北似的介入其中，吃下寶泉擊出的拳頭。

「咕！」

「哈哈！讓我看看你能奉陪到什麼地步吧！」

「正合我意！我不會饒過對鈴音動手的傢伙！」

寶泉愉快地笑著，對須藤發動攻擊。

然後，早就超過忍耐極限的須藤也回應了攻擊。

「你、你在想什麼……！」

堀北會對真的開始的鬥毆感到動搖也理所當然。

就算這個地方沒被監視，但要是被發現的話，就會是問題行為。

先不說退學，就算停學也不足為奇。

「堀北學姊，學校的狀況或許跟以前有點不同了吧。」

樣子有點冷淡地看著這個費解狀況的七瀨開口。

「就像學長姊你們很清楚去年為止的事，我們一年級生也比你們更了解現況。」

「什麼意思……？」

「我們幾個一年級生的代表人物，都被叫到了學生會辦公室，直接聽南雲學生會長做了說明。他說今年起這所學校為了更加以實力主義執行，將會定出很自由的形式。」

「妳是說打架就是自由的形式？」

「我沒有這麼說。不過，就寶泉同學的確認，學生多少都會打架，南雲學長答應不會做出去年那種嚴格的審判。」

意思就是說，有別於堀北的哥哥學，南雲對打架抱著寬容的想法。

學生會作為學生糾紛的仲裁角色，所以如果真的在一定程度上容許鬥毆，這的確很難變成問題行為。

在堀北與七瀨對話時，寶泉對上須藤的勝負，已經開始定出優劣。

「喝！」

寶泉不把須藤優異的身體當作一回事，以超越須藤的力量把他推到牆邊。雙手揪起須藤的衣襟後，須藤的雙腳離開了地面。

「你、你這傢伙！」

須藤在有點被壓制的情況下展現了無可避免的抵抗，一直在打防守戰。寶泉就這樣讓須藤懸在半空，把他按在牆上似的接連使勁加壓。

「唔！你……這混蛋！」

須藤也緊握寶泉的雙臂，姿勢拘束地使出膝擊。寶泉的身體微微晃了一下。須藤成功逃離雙手的壓迫與揪起，可是寶泉隨後踢出的一擊直接命中了他的身體。從未因尋常衝擊而退卻的須藤，卻因為這股威力撞上後方的牆。

打鬥前原以為兩人會打得不相上下，結果揭曉後，卻有一段相當大的差距。

或許容易樹敵的須藤，一直以來打過很多架。

憑在籃球鍛鍊的身體能力與體格，至今大概沒有什麼人是他的對手。

然而，這個叫寶泉的學生超乎了常規。他恐怕具有須藤無法相比的鬥毆次數，而且一路通過

危險的激烈鬥爭。經驗差距相當明顯。然後，他還擁有讓人感受不到一年差距的龐大身軀以及強大臂力。即使如此動作依然很敏捷，這無疑就是天生的才能。

連龍園都曾經阻止同學跟寶泉戰鬥，就是帶有這份意義。

意思就是「他不是肉體上正面互毆就能贏的對手」。

即使如此，須藤也沒有輕易倒下。須藤擁有學年裡數一數二的強度，憑這種程度不會倒下。

但這就代表著他要一直被寶泉攻擊。

寶泉的左右連擊響個不停，向須藤猛撲而去。

就算想抓住突破口，要接下強烈的直拳就已經竭盡全力。

如果依然打算轉為反擊，防禦轉眼間就會被突破，並攻進來。

「做出這種事，誰都沒有好處！」

堀北這些呼喊沒有傳達過去。已經是不可能靠言語阻止寶泉的狀況了。

不過，堀北這些聲音還是有確實傳達給須藤。有一瞬間，他的視線瞥向了堀北。

自己必須設法守護的對象的聲音，深深鼓舞了他。

「喝啊啊啊！」

他抱著必死的覺悟擒抱寶泉，從牆邊把他推回去，甚至嘗試打倒對方。

「噢，你想要比純粹的力氣嗎？」

寶泉正面接下須藤壯碩的身體，就笑著抬起他。

「唔、唔喔喔！」

接著轉了半圈，自己換到牆邊那側。他推開須藤，用左手挑釁他。

「牆邊是不是很綁手綁腳？這個不利條件剛剛好。放馬過來啊。」

「開什麼玩笑！」

火力全開的須藤大吼。

須藤覺得這次輪到自己，於是衝了過去——

「喂，須藤，看一下堀北的表情。她正在用惡鬼般的表情瞪你耶。」

寶泉這樣說完，並停下拳頭，指了須藤身後的堀北。

寶泉在戰鬥中做出這種沒有防備的行為。須藤想起自己忍不住全心投入，並與寶泉認真打起架，所以感到焦急，就把視線從眼前的強敵寶泉身上移開，回過了頭。

堀北當然不樂見須藤打架。

可是，她沒有擺出什麼惡鬼表情。她只是很擔心，煩惱該怎麼做並盯著他。

她就只能大喊住手而已。須藤有一瞬間露出鬆懈。

發現完蛋的時候已經晚了。

須藤沒看見寶泉凶狠笑著的表情，臉頰嚐到了重重的一擊。

完全是突襲的重擊。

雖說須藤很耐打，但這應該是至今都沒體驗過的猛烈攻擊。

若是沒在鍛鍊脖子的普通學生，或許不是痛就能了事。

他那壯碩的身體往後飛出，連護身都沒辦法做，撲倒在地面上。

「咕——！」

須藤發出不成語句的叫聲，因為疼痛而快暈眩過去。

就算不使用骯髒手段也始終領先的寶泉，刻意對須藤設下簡單的陷阱。

是為了不只是肉體，也要讓他在精神上受傷。似乎沒有失去意識，但須藤因為受到的痛苦而受不了地打滾。

我在這種狀況下，重新思考寶泉和臣是怎樣的人。

寶泉在思考什麼、想什麼才會前來今天的談判。確實就像堀北說的那樣，第一次見到寶泉的時候，他就是一副有事找二年D班的語氣。然後，這點就如剛才他自己承認的那樣，是基於考量到D班之間組隊的有用性。他到中途都一直把他們占優勢這點作為談判素材使用，這並不是壞事。

但在堀北展現強勢態度的階段，他應該就知道這種做法難以有進展。

他理解到要是繼續強勢地談判，堀北就會放棄合作。可是寶泉依然沒有妥協，而是強行改變方向，轉為超級強硬、隨時就會打起架的態度。

往女人臉上潑水，而現在也對須藤發起真格的鬥毆。

在可想會有停學或退學疑慮的情況下，他為什麼可以這麼強硬？

我一直在思考這種事情。

他真的認為暴力支配可以改變走向？

不對，我無法想像這男人會有這麼愚蠢的想法。

既然這樣，他在追求什麼？這場鬥毆的最後，寶泉究竟有什麼好處？

「好啦，值得依靠的保鑣倒下了。接下來誰要當我的對手？」

寶泉交替看著我和堀北，同時接近過來。

以須藤為對手的寶泉，連呼吸都沒有紊亂。

「你以為……我們會因為暴力而屈服？」

「我會在這裡徹底擊潰你們，讓你們哭著寫下一兩張字據。你們拒絕的話，我就會糾纏不休地永遠盯著你們，直到把你們逼死。」

就算對打架再怎麼寬容，超過限度還是會成為問題。就算以這種形式讓我們寫下什麼，也不可能發揮效力。我們也可以為了平息這個場面故意假裝服從，但無法這麼做吧。因為不能屈服於寶泉的做法。

「……好吧。我來阻止你。」

做好覺悟的堀北，自己擺出戰鬥的架式。

「這真有意思。妳要打的話，我可是非常歡迎。」

就寶泉看來，他完全沒料到堀北有武術經驗。

可是，寶泉應該不是用這種類似奇襲的奇策就行得通的對象。

堀北還沒理解到這點。

毫不在意的寶泉，伸出壯碩的手臂。

堀北鑽了過去。為了給他一擊必殺，瞄準寶泉的下巴。

瞬間使出先發制人。

「哦？」

可是，纖弱的拳頭三兩下就輕易地被寶泉的手臂抓住。

「什麼嘛，動作還不錯耶。不過——」

寶泉高舉手臂，對堀北的臉頰甩了巴掌。

堀北當然有打算防禦或迴避，但在壓倒性的速度面前，還是束手無策地吃下了直接的攻擊。

堀北就像被拳頭打到臉頰一樣，身體飛了出去。她在地面翻滾，護著身體。

「鈴、鈴音！」

正要咬牙站起的須藤喊道。

可是他的腳還無法移動，沒辦法好好站起。

「欸，堀北。跟我結下契約嘛。」

寶泉靠近倒下並忍痛抬頭看著自己的堀北，然後這麼威脅：

「五百萬。這樣一切就會圓滿解決了。」

價格已無上限，現在躍升至根本不可能支付的點數。

「別、別開玩笑……綾小路同學，去、去找人叫老師……」

要平息這個場面，已經只能期待大人的介入了。

或是如果有很多人聚集過來，就算是寶泉也只能收起拳頭。

「一旦知道敵不過我……哎，就是會變成這樣呢。但這樣好嗎？就算是我單方面打人，但你們打算揮拳的事實又會變得如何？要手牽手停學嗎？」

就算訴說正當性，也無法避免火星飛濺來我們這邊。

話雖如此，與其擴大成更嚴重的慘劇，倒不如讓第三者介入。

「你這混蛋！」

「礙事！」

寶泉對站起來再度撲過來的須藤毫不留情地踹了一腳，接著終於瞄準了我。

「你打算旁觀到什麼時候啊？」

「快、快逃……綾小路……同學……」

「逃？最好別這麼做吧？你在這邊逃跑，堀北和須藤的傷勢就會比現在嚴重好幾倍。」

在這個狀況下，我也在思考。

今天寶泉想做的到底是什麼？

他真的想憑暴力闖過不可能的要求嗎？

不對，太不切實際了。

「堀北，我給妳最後的機會。」

「……最後？」

「如果妳現在在這裡服從我，並且準備點數——我就不殺綾小路。」

寶泉說完就把手探入口袋，拿出某樣東西。因為一片漆黑，我有一瞬間不知道那是什麼，但前端的面紗揭開後，閃著銀色光澤的那東西就現出身影。

「你、你要做什麼……！」

「看就知道了吧？這是刀子啊，刀子，貨真價實的真刀啊。」

這跟當作派對道具使用的那種會縮進去的玩具刀子，光澤顯然不同。

「如果妳拒絕跟我的契約，我就用這個刺綾小路。」

「別開玩笑了！」

「我沒有在開玩笑。如果是為了得到點數，這點事我會做呢。」

右手持刀的寶泉慢慢面向我。

「不過，結果我直到最後都不知道呢——不知道你有『多厲害』。」

寶泉看著我的眼睛，有點傻眼地說出這種話。

「或許我也沒必要特地冒這種風險，做出大陣仗的事呢。」

這些話彷彿是至今一連串的胡鬧過程，都是在警戒、期待著什麼而執行。

他一步步往我逼近。

阻止他的腳步的，是跟寶泉同班的七瀨。

「不要再繼續下去了，我還是沒辦法認同……你的做法。」

七瀨介入寶泉跟我之間，張開雙手阻止。

「滾，七瀨，妳是為了不讓任何人逃跑在把風吧？把風的人就不要多管閒事。」

「我原本打算為了一年D班，直到最後都助你一臂之力。不論是多麼醜陋的戰略我都接受了。可是，這樣好像錯了。」

七瀨擋在寶泉前方，僅將視線瞥向堀北。

「從一開始就不可能跟寶泉同學合作。堀北學姊在寶泉同學現身在二年級班級時，聽見他在

意。二年D班的發言，想到這次能結下合作關係。可是……那打從一開始就只是為了演變成這樣的手段。就算交出五百萬這種鉅額點數，也會抵達相同的命運。」

說出這番衝擊性的真相，堀北不可能不更加動搖。

所以不管再怎麼敲談判的大門，寶泉都不會開門。這不是堀北的失誤。因為我們沒有人預料得到這種發展。

在一連串費解至極的發展中，恐怕有資訊的不對等。有事情是寶泉跟七瀨有得到，我們卻沒有得到的。在這種狀態下，從一開始就無法成立像樣的談判。

「喋喋不休的，吵死了。說起來，說要全權交給我的是妳吧？只要幹掉綾小路，我們班就能得到優渥的資金。這會多麼有利顯而易見。」

「是啊。可是，我還無法辨別為什麼只有綾小路學長是必須被盯上的學生。」

「那種事跟我一點關係也沒有。妳要礙事的話，就給我滾開！」

寶泉揮動龐大的身軀，就像對堀北做過的那樣向七瀨摑了掌。

我盯著眼前這片光景，僅只一人，在此找到了一個答案——這樣一切就說得通了。

「好啦，我要上了喔，綾小路。」

他的右手有明顯的凶器。當然，所有人都認為那是要用在我身上的東西。

寶泉笑著揮起刀子。

我覺得自己的思緒逐漸清晰，同時也將姿勢向前傾。

「綾小路同學——！」

我在每個人都認為這顯然是應該逃跑的狀況下奔跑起來。

大家當然都同時覺得我瘋了吧。

覺得面對刀子還要上前對抗，不是精神狀態正常的行為。

再加上對方很健壯，並非瘦弱的對手。可是只有寶泉更是加深了笑容。他應該覺得我這笨蛋衝過來了。

但我採取的行動，不是為了阻止被刺。

寶泉感覺到我靠近，同時加速打算揮下的手臂。

刀子瞄準的目標、那刀刃瞄準的地方——不是我的身體。

而是寶泉和臣自己的身體。

我用左手阻擋快要被揮下的刀子抵達目的地。

不是抓住寶泉的手臂，也不是避開，而是讓刀刺進自己的手掌。

「什麼——！」

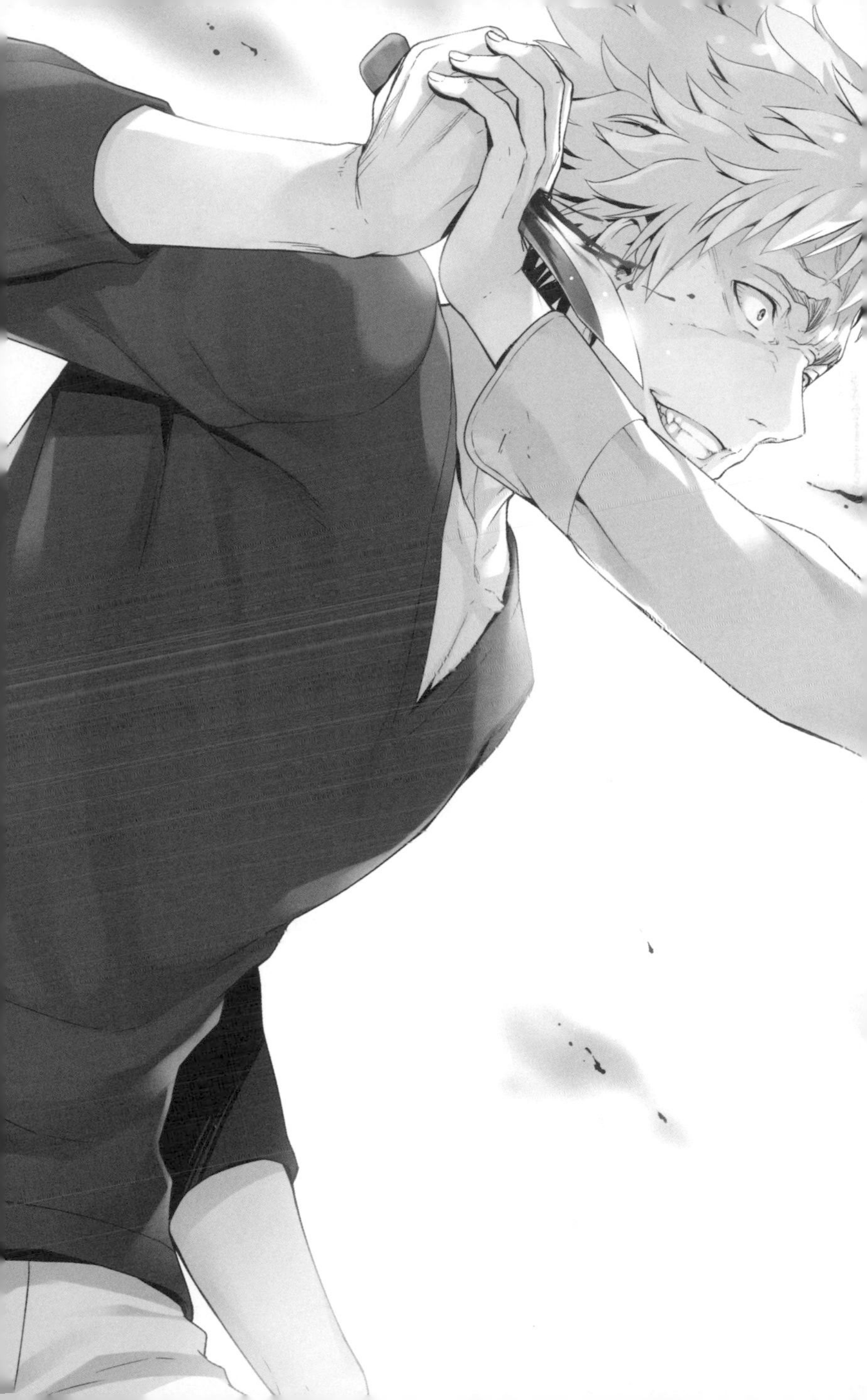

這個行動對寶泉而言顯然是例外。終究是始料未及吧。

不可能會有人料到主動讓刀刺的這種狀況。

寶泉打算揮下的手完全停了下來，笑容也瞬間消失無蹤。

「你這傢伙……綾小路！」

他當然會困惑。不管是任何人，都會覺得特地為了被刺而上前的我很不可思議吧。

過去讓人刺這種甚至像是自暴自棄的行動。

鮮血從貫穿手掌的刀子四濺。

「那把刀——正確來說是削皮刀，是我買下的東西。」

「你要說什麼……？」

「你打算使用我擁有的刀子刺自己的腳。接下來只要大聲吵嚷被人刺，我就會隨著物證退學。就是這種計畫吧？」

看到他緊握刀子的方式，那顯然不是要刺向對手的拿法。把刀刃向上，為的是假裝被人刺。然後，要把刀用力戳到自己的腳上，反握刀柄才比較自然。

「哈——就算知道這件事，但過來讓我刺，你腦袋是不是不正常啊？」

寶泉發出冰冷的笑聲，一瞬間有點動搖。

「因為要完全阻止你，這是最好的方法呢。再說，這是半斤八兩吧？你也是抱著自己會受重

傷的覺悟前來攻擊。」

就算知道是很有效的戰略，仍是幾乎沒人學得來的危險自殘行為。正因如此，只要他刺向自己，就可以堅稱自己是被他人刺傷。

「在你們一年級裡，也只有為數不多的人接到某種像是特別考試的任務，那似乎正在進行呢。內容從你跟七瀨的對話來看，就是『讓我退學』。過程就是設法把我騙到這個地方，強行發展成鬥毆。接著因為堀北和須藤被痛毆而勃然大怒的我，就使用為防萬一藏著的刀子刺了寶泉，接著遭到退學——這就是這次的荒謬計畫。」

就算說會對打架寬容，但要是連刀子都拿出來，就並非停學能解決。

何止退學，應該也有發展成刑事案件的疑慮。

「我有聽說過你不是泛泛之輩，你完全沒散發出強大的氛圍，老實說我小看了你呢。想不到會主動過來被刺……你怎麼知道這把刀是你的東西？」

「我這邊也做了一定的調查。在昨天的時間點，買下那把削皮刀的人只有我，要是你擁有同一把刀的話，我就算不願意也會明白這件事。」

我可以輕易地避開刀子，並抓住寶泉的手臂。然而，就算做了那些，也無法根本解決問題。到頭來，他只要保持距離，重新擺好架式，執行把刀再次刺入自己的腳的行為就好。如果要確實地阻止他，就只能完整封住寶泉的戰略本身。

寶泉打算放開刀子，但我還是憑自己的握力按住他握著的拳頭。

「……你這傢伙是怎樣……你到底是什麼人……」

了解到我的力量，寶泉直到剛才的從容徹底消散了。

「好啦，你要怎麼做呢？就算這把刀的主人是我，但被刺的人依然是我。再說，我也調查到你曾經打算事前買下。要是你無法搪塞過去，就會被退學喔，寶泉。」

刀柄有我的指紋，而寶泉的指紋也一併在上面。如果是手掌被刀刺的這個狀況，他就無法輕易找藉口搪塞。我把寶泉自己訂出的戰略原封不動地回敬給他。

「所以這是識破到這種程度才做出的行為嗎……！」

寶泉盯著我，然後把握住刀子的手放開，硬是保持一段距離。

我的手掌上就這樣留著刺進去的刀子。

這樣情勢就完全逆轉了。

堀北和須藤都在這段期間慢慢站起，恢復體力。

「沒、沒事吧……綾小路同學？」

「綾小路……」

「不用擔心。」

兩個同學會對我的狀況感到困惑也理所當然，但現在這件事先擱著。

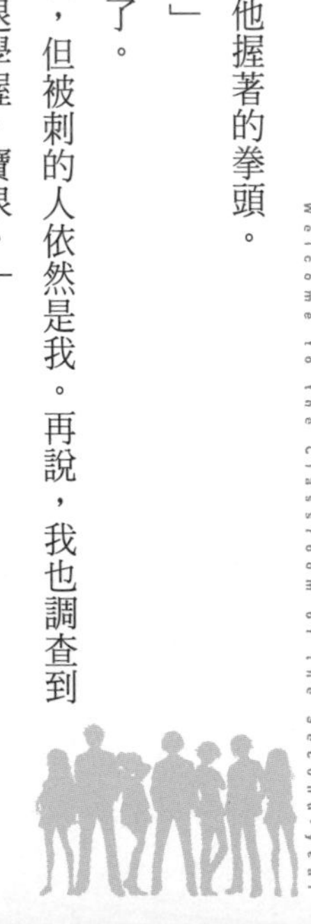

在這裡完美地制伏寶泉，才最重要且不可或缺。

「你這傢伙，到底掌握到了什麼程度……不會是七瀨妳招供的吧？」

「我什麼也沒說。」

「我最早察覺到異樣，是在天澤跟我去櫸樹購物中心採買的時候。」

「天澤同學？她跟這件事有關嗎……？」

「對。店員看見她在寶泉打算買下刀子的時候叫住、阻止了他。雖然想到這個荒唐作戰的人是你，但讓其更加完美的是天澤。如果你自己買刀行刺，當然會被做各種調查，也會出現問題。所以，讓我自己買下刀子，狀況就可能大有不同。」

特地挑了昂貴的削皮刀，是因為只有它附「刀套」。

就天澤和寶泉來看，這把削皮刀應該是最剛好的。

當然也有其他方式可以包起露出的刀刃，但考慮到攜帶問題，買附上刀套的就不用多費功夫，而且既確實又快速。那天，天澤在應該是初次到訪的店裡，毫不遲疑地找到並挑選這把刀的微小突兀感，就是我最早在意的地方。天澤星期五說弄丟髮圈而來拜訪我的房間，也只是為了拿刀而找理由接近。看作是刻意將髮圈放進我的房間，或是單純的謊言才比較自然。然後，如果太快收回刀子，我也有可能會發現，所以她就調整到最後一刻。接下來就是不沾上指紋地從房間帶出削皮刀，並提供給寶泉。

假如無法收回刀子，動手的行程恐怕就會延後。

「嘖，請根本就不太認識的女人幫忙好像是個失策。」

「不對，託天澤的福，這個戰略才會成形。只有你的話就會告吹了呢。」

「不管怎樣，現在的狀況是你占優勢呢，綾小路『學長』。」

濺出的血也沾上寶泉的衣物，他沒辦法找藉口。

事到如今強行搶回刀子刺進自己的腳，也不會獨得勝利。

當然，就算他打算這麼做，我也只需要全力阻止就好。

跟我對峙中的寶泉，應該已經深深感受到了這點。

重要的從這邊開始。

「這件事也是可以只隱瞞在我、堀北，還有須藤之間。」

「你在打什麼主意？你打算放棄能讓我退學的寶貴手段嗎？」

「相對地，雖難以啟齒——有兩個條件。」

「兩個？」

第一個不用說，當然也知道。

「我要你跟堀北結下D班之間的對等合作關係。」

「拒絕就會退學的話，我也只能服從了呢。所以，另一個是什麼？」

「我希望你作為這次特別考試的搭檔跟我組隊。」

從第一次見到寶泉開始，我就覺得要是自己的立場可以任意選擇搭檔，應該就會挑這個男人。理由有好幾個，但最顯著的就在於他不在乎做出問題行動引人注目。換作我是月城的立場，大概會指示盡量別做出引學校注目的事。如果他跟堀北的談判談不攏，我也有考慮個別接觸寶泉並引出條件，所以對我來說，這一連串的發展起了恰好的作用。

「……你瘋了嗎？」

「你入學後，還有多到數不清的事還沒在這所學校裡做吧？要是現在退學，就會什麼也沒享受就結束。雖然我不知道你國中時期如何，但曾經和龍園競爭的事情，就會止於單純的謠言。這也就代表著你這個學生不怎麼樣呢。至少我這一年一路看見的龍園，是個根本無需和你比較的強大男人。」

「你這傢伙……！」

寶泉和臣這男人，雖是理所當然，但他有很堅定的自尊。

那是因為他認為自己是強者的這份自負。

就算肉體的強度贏了，但被說身為一個人是龍園比較厲害，他當然會生氣。

最重要的是，他不可能接受被我先發制人。

假如學力B＋的寶泉放水變成零分，退學就會無可避免。

當然，事情應該不會變成兩敗俱傷，對我報一箭之仇。雖然他的嫌疑趨近於零，但我無法斷言寶泉和臣百分之百不是White Room的學生也是事實。唯有這點，不論我怎麼探究也無法完全消除。不過，這個狀況如今也變了。就算他在考試上放水，我這邊也留著被刺的事實。

假如背後有明顯的異常事件，月城也無法立刻逼我退學。

我們將會被審議有什麼經過，以及為何寶泉會拿到零分。

不管月城使出什麼手段，我都只要以無可動搖的架式封住退學。

「很好很好，綾小路學長。我還是第一次遇見讓我這麼興奮的對手。我知道不是只有憑腕力制伏人才好玩。我會宰了你，你就好好期待吧。」

他稍微顯露的動搖，也已經是之前的事。寶泉已經切換想法，轉移到下次的戰鬥。

「我要留在這裡，因為我也有事必須向綾小路學長說明。」

「啊？妳打算幹什麼，七瀨？」

「我判斷這對一年D班有利。綾小路學長和堀北學姊已經對我們有強烈的戒心。既然這樣，你不覺得乾脆叫他們注意所有班級會比較好嗎？」

雖然還不知道詳情，不過寶泉接受了七瀨的這種提議。

「隨便妳。」

作為這場面上應該先離去的男人，寶泉回了宿舍。

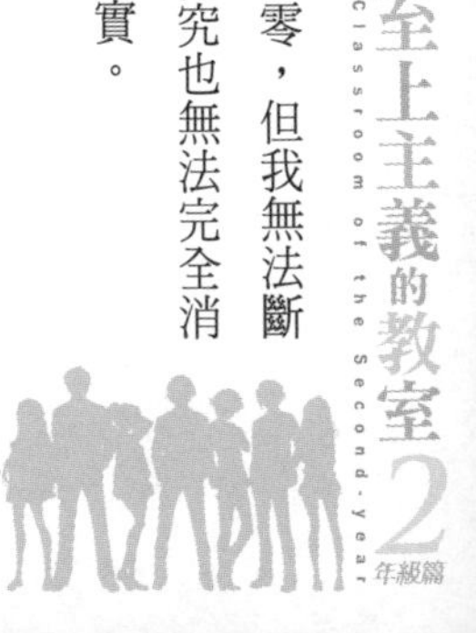

3

我們還有一年級的七瀨留了下來。

儘管可以聊上一兩個話題，但我有事要先做。

那就是安撫看到刺進我左手的刀子，而欠缺冷靜的堀北。

「怎、怎麼辦才好……那個，刀子，拔、拔掉會比較好嗎？」

平時冷酷的堀北大概沒面對過這種狀況。

「不，總之，雖然樣子不是很好看，但先插著應該比較好。」

隨便拔出來，可能會大量出血。

「比起這個，你們的傷沒事吧？」

「從你受的傷來看，我等於是沒受傷呢……」

「嗯……我也沒事。」

須藤走到我身旁，看見左手的慘狀，就皺起了臉。

「你在這種狀況下，怎麼還能保持冷靜啊？」

「這個嘛，不知道耶。」

我只是表現得像平常一樣，沒有特別的理由。

「是說……你打架很厲害耶……」

「我只是硬接下刀子。」

「……看起來不像是那樣啦。」

須藤直到剛才都看著我跟寶泉戰鬥，說出了直白的感想。

光是他有闖過數次激烈爭鬥的經驗，包括堀北在內，我應該無法徹底蒙混過去。

我用右手掏出手機，打給茶柱。

「我有事希望您幫個忙。我在一年級生的宿舍後面，可以請您可以趕快過來嗎？當然是要私下過來。還有，請您帶一條浴巾。」

茶柱對於突如其來的電話好像很不知所措，但是感受到急迫性，她還是答應我會立刻過來。

在她抵達前的期間，我最好不要從這裡移動。

要是貿然移動，被其他學生看見這隻手，就會很棘手。

話說回來……七瀨看見這個狀況，也完全沒有表現出動搖。

對於刺進來的刀子或是四濺的血液，她都很鎮靜地應對。

完全感受不到視覺上的刺激有多強。

「妳可以告訴我們一些什麼嗎？」

「不說的話，我們一年D班好像會陷入不利的狀況。」

「這次的這種發展，妳知情……對嗎？」

「是啊。目的就是要寶泉同學刺自己的腳，並且讓綾小路學長退學。」

她毫無愧疚的模樣，並用平時的禮貌語氣這樣說明。

「也就是說，妳對我們表現得友善，也全是為了這件事在演戲嗎？」

「沒有，不對。我是真的希望和妳攜手合作、扶持彼此的班級。可是……只是因為瞄準綾小路學長的戰略才是最優先的。」

意思就是寶泉和七瀨會執著於二年D班，是因為我隸屬這個班級。

「妳為什麼要做這種事？我跟綾小路同學不一樣，我不覺得自己原諒了這次的事。視情況而定，我也在考慮立刻向學校報告。」

「我想不到會有什麼理由。」堀北追問七瀨。

「雖然我也覺得做法有問題，但為了讓綾小路學長退學而行動，並沒有違反學校的意思。這件事目前只有極少數的一年級生知道，但我們可以藉由讓綾小路學長退學獲得大量的點數。」

我被寶泉盯上的理由，在這裡終於明確地顯現出來。

「二年D班的綾小路清隆——讓這個人物退學的學生，將會給予個人點數兩千萬點。我們被提出了這種特別考試。」

「我無法理解妳在說什麼。妳說這種不講理又愚蠢的特別考試，究竟又是哪裡的什麼人決定的？」

七瀨對這個疑問保持緘默。

「……我該說的都說了。這樣除了對我們班，綾小路學長應該也會對所有一年級班級抱持強烈戒心。」

七瀨沒有深談，只傳達最低限度的必要事項。寶泉和七瀨就不用說，天澤也知道這件事。理所當然地，這應該是剩下的一年B班、一年C班的部分學生也知道的事情。

「這種答案我怎麼可能接受？實際上，綾小路同學還受了重傷——」

我阻止打算替我盤問七瀨的堀北。

「沒關係。光是可以理解這個狀況，七瀨就幫了足夠的忙。我很感謝她。」

「我認為如果這對一年D班有利就無所謂，是知道這樣很殘忍無道仍幫助寶泉同學。實際上，兩千萬點交到別班手上的話，就會產生相當大的差距。」

考慮到通往A班的門票，這頂多就是一張。

可是，想到這次特別考試的狀況，資金越多就會越有利。

「可是，我幫忙寶泉同學的理由，不只是這點。」

七瀨的語氣很沉穩且冷靜，但她看著我的眼神，含有某種銳利的事物。

「因為……本人不認為綾小路學長適合這間學校。」

七瀨在此才對我表現出憎恨般的情感。

可是，我無法刺探理由。

過了沒多久，七瀨就低頭示意，離開了這個地方。

加深的謎團

隔天星期一，七瀨和堀北舉行討論，成功在當天結下了對等的合作關係。星期二總共有一百五十七組的配對完成，所有人都轉移到專注在筆試的狀態。高圓寺沒表現出合作的態度，但七瀨直接上前拜託他成為搭檔，想不到他就很乾脆地答應了。這點包括堀北在內，連我都嚇了一跳。雖然我的左手受了重傷，但應該可說是很值得。很多學生都很驚訝我左手纏著繃帶，但在茶柱和真嶋老師的掩護下，這件事順利沒有曝光。多虧如此，我們才得以不增加知道事實的人，迎接了特別考試。這兩個星期有很多機會接觸一年級生，結果我還是不知道誰才是White Room的學生。想到對方考完特別考試都沒有行動，我甚至不禁懷疑對方是否真實存在。身邊接觸到的人物，所有人都能說是必須注意的對象。通常會認為國中時期事蹟公開的寶泉可以排除在外。但是關於寶泉，龍園和明人都沒見過。換句話說，他也可能是接觸過真正的寶泉，並問出他所有過去的冒牌貨。七瀨乍看之下無害，可是像是接近我的方式，或自從卡拉OK之後的態度，一開始就算好的接觸等等，還是有我無法視而不見的要素。天澤和寶泉聯手打算讓我退學，是需要注意的人物，但如果想到一切都是為了個人點數兩千萬點，就算是可以接受的範圍。不論是誰，都沒有

任何可以跟White Room學生做連結的要素。

要是我被找到任何一點破綻，就可能會被扳倒的狀況，似乎會持續一段時間。

然後……今天是五月一日。知道這次特別考試結果的時刻到來了。

一天的結尾——最後的第六堂課，學校安排為發表的場合。

「接下來要公布特別考試的考試結果。雖然黑板上也會顯示，但為了能在手邊詳細查看，你們的平板上同時也會顯示出來。」

不用特地凝視黑板，也能在手邊放大並確認想看的地方。

我知道堀北向我投以視線。這次的特別考試，在拿高分的意義上，難度無庸置疑是過去最高的。大概不會有考同分的結果。

筆試當天，堀北指定跟我的比賽科目是「數學」。

畫面切換，平板上顯示了考試結果。

多數學生們都不關心其他數字，想著先確認自己的分數。

另一方面，我沒有找自己的分數，而是掌握班級裡的狀況。

看來……好像順利成功避免同學退學了呢。

就算更換排序，最低總分也是五百七十九。好像安全地成功撐了過去。這當然也是因為學生們的努力，但也代表校方並沒有在四月一到就舉行的特別考試上丟出極高的難度。實際上的考題，也是池和佐藤他們都能輕鬆考到兩百五十分以上的題目。換句話說，一開始給我們看的按照學力的分數預測表，只是故意顯示得很低。

周圍也接連傳來安心的嘆息、喜悅的聲音。好啦，我也姑且確認堀北的分數吧。我在數學項目上重新排序，從高分的學生開始依序顯示。

不愧是指定比賽的科目。堀北是八十七分。如果看見接下來是啟誠的八十四分，不用想也知道她到底讀了多少書。後面大致上都接著學力接近A的學生，每個科目都一樣，八十分是一道高牆。一百分裡剩下的十分左右，完全是在一年級內容的範圍外，而且還是相當高的難度。

班上原本充滿了喜悅，但我感覺到逐漸轉為吵鬧聲。

當然，我根本不用調查這些吵鬧聲是什麼。我感覺到茶柱往我看過來，以及發現這件事實的學生們的視線。看見數學考試有我的名字刻在堀北的八十七分之上，這應該理所當然。

「滿、滿分……真的假的？」

不管以什麼科目重新排列，班上都不存在九十分以上的學生。

就只有一個科目，除了我的數學之外。

順帶一提，關於其他科目，我大致上都有考到七十分前後。

對於只有一科目突出的這種結果，多數學生應該都無法理解。

這次的筆試比我預想的難了很多。雖然考滿分的風險很大，不過我還是刻意不放水。儘管無

法避免同學與全校的關注，但想到今後鬥城的行動，先主動展現一些能力也沒有問題。

倒不如說，考慮到將來，先下手為強才能少點問題就解決。

須藤通常應該會跟池一起大吵大鬧，雖然他很驚訝，但還是靜靜盯著我。

我目前為止的行動，還有上次跟寶泉的瓜葛。

考慮到那些事情，他的驚訝程度或許比其他學生來得低。

總之在四月裡，狀況開始大幅變化。現在，我也得做好覺悟，應該會被向我投以異樣眼光的學生們詢問各種問題。

1

也因為剛才是課堂上，所以沒學生找我說話，不過放學後就不一樣了。

茶柱宣布一天的結束，與此同時靠過來的不是堀北，而是綾小路組的啟誠。

「清隆，能借個時間嗎？」

正因為啟誠在D班裡，是以稱之頂尖也不為過的成績為傲，所以他很清楚考到一百分多困難。他的表情上一定浮出了許多疑問。

「抱歉，能請你之後再說嗎，幸村同學？你願意露個臉吧？」

以推開啟誠的形式過來插話的是堀北。

「是啊。抱歉，啟誠，待會兒再說吧。」

「好、好的。」

除此之外，不只是波瑠加跟愛里，我在許多學生的注目之下跟堀北一起離開了教室。

堀北暫時保持沉默不斷向前走，確認四下無人後，就看向我這邊。

「我不會找藉口。畢竟我有盡己所能，而且也拿下滿意的分數。」

「妳不會要求再次比賽嗎？」

「最後那邊的題目，我就連上面寫的題目都無法理解。那種東西，憑現在的我不可能解出來吧？我就連什麼時候才解得開都沒有頭緒。」

「如果是測度論和勒貝格積分……大概會是在大學之類的吧？」

我不太清楚這部分的狀況，所以無法回答正確答案。

就算說我從小就在學，也不成任何參考。

「……算了。是我笨才會問你。」

堀北彷彿放棄了什麼，故意用力嘆氣，鄙夷地看著我。

「雖然很不甘心，但我會承認。接連發生了兩件我不得不認同你的事情。如果繼續反駁，我

只會覺得自己是笨蛋。」

堀北好好奮戰過了，可是現在稱讚她好像會有反效果。

「你之前說過的條件——」

「你在這裡啊，綾小路。」

在堀北可能打算提到學生會話題時，有人過來打擾。

班導茶柱好像來找我了。

「您找我有什麼事？」

「反應還真冷淡。要是沒有我的幫助，上次就糟糕了吧？」

「是啊，那時還真是幫了大忙。」

「我今天就回去了。之後再說。」

堀北覺得在茶柱面前也沒辦法談，表現出要告一段落的態度。

茶柱目送這樣的堀北，然後重新面向我。

「好像打擾到你了，不過我有急事。月城代理理事長在找你，跟我來。」

「原來是這樣。」

看來是即使要打斷我們也必須轉達的事。

走在稍前方的茶柱沒有回頭地對我說。

「我姑且先告訴你。根據真嶋老師所說的，月城代理理事長好像沒有在特別考試上做出奇怪的舉動。」

「我想也是。因為他是考前有動作，準備那些事的階段。」

他在特別考試中不過是在等結果。

「今後使出強硬手段的可能性呢？」

「這話的意思是？」

「被刀刺可是非同小可呢，難道不是你父親在動作嗎？」

「我的手跟他沒有關係喔。」

我沒有對茶柱具體地報告這次的事。當然，有關個人點數兩千萬點那件事也一樣。這很可能是茶柱也沒聽說的事。

「希望如此呢，我覺得或許也可能把你拘束起來，強行帶出學校呢。」

「那樣也需要人手，這點應該不用擔心。」

如果是要帶出小兔子就另當別論，換作是大型的人類就行不通了。

「那就好。因為我需要你派上用場呢。這次你在數學考到滿分，對我來說，也讓我了解到你是特異的存在。」

滿分的壞處很多，但似乎還是有一些副產品。

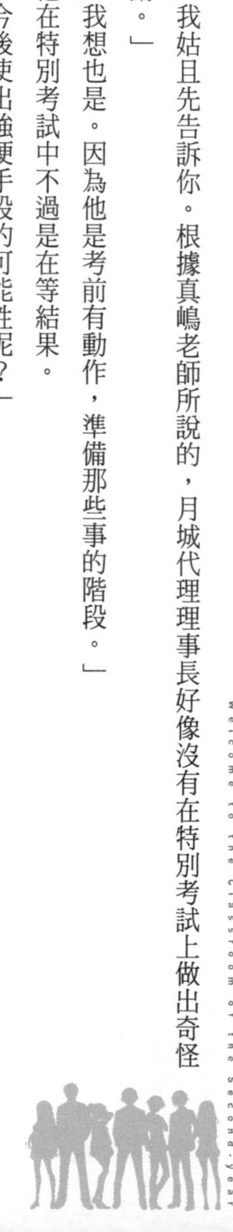

沒多久，我就抵達了會客室前方。

我留下茶柱，獨自前往會客室裡。

「謝謝你特地前來，綾小路同學。」

「您不惜利用班導，到底在打什麼主意呢？她可是很懷疑呢。」

我隻字不提我拉攏了茶柱的事。

假裝這是被代理理事長突然叫出來的費解狀況。

「我這個當代理理事長的人，也不能前往教室呢。」

「請坐。」他催促道。但我就這樣站著，沒有聽話。

月城確認這點，就開始說了起來：

「四月也結束了，你掌握到派進來的學生是誰了嗎？我覺得只有這件事，必須先確認好呢。」

是指他說過我能在四月找出White Room的學生，就會罷手的那件事嗎？

「很不巧，我不知道出身White Room的學生是誰。」

「你還真乾脆啊。你不是應該先隨便說出覺得可疑的學生名字嗎？」

「我不會說出沒有把握的話。至少在這個狀況下是這樣。」

「原來如此。意思是那孩子順利潛入了呢。」

月城佩服地點頭，露出滿意的表情。

「我完全感覺不到White Room學生的特有氣質。那個人很漂亮地消除氣息了呢。」

「因為作為課程，這幾個月那孩子都埋頭在徹底變成一名高中生。」

有事先做好精心的對策嗎？不過，他們不這麼做就沒什麼好說的了。

「對照之下，你入學一開始好像就相當辛苦。用字遣詞、態度、想法、生活方式，每個地方都有許多不自然。」

月城彷彿在旁邊看著一樣，一副覺得好笑地笑著。

看起來只是在捉弄我，並彰顯他掌握一切。

「因為對於普通高中生的實際情況，我只有假想中的印象。」

「你暫時沒看穿。能確認到這點，我就當作是沒問題吧。你可以離開了。」

月城打算結束話題，催我離開會客室。關於我左手纏的繃帶，他沒有任何追究的跡象。我保持這種狀態，繼續跟月城的談話。

「月城代理理事長，難不成出了什麼差錯嗎？」

「你究竟在說些什麼呢？」

「已經五月了。對你來說，你應該想在四月之內做個了結吧？」

「沒有沒有，畢竟我也無須著急。我被給予的期限比想像中還長喔。」

「這樣啊。我還以為一定有發生『意料之外』的麻煩。」

「真是說了句很有意思的話呢。你有根據嗎？」

「至少這次的特別考試，感覺您為了讓我退學，做好了萬全的準備。接下來只需要White Room的學生接觸我，並跟我搭擋就好。不過，一年級之中沒有學生表現出那種動作。」

當然還是有例如椿那種過來請求組隊的人，但那種程度的接觸不能算在內。

「甚至讓我覺得，一年級裡是不是不存在White Room的學生。」

「你是說，你不這麼認為？」

「我實在沒辦法理解呢。」

「我透過ＯＡＡ，知道你直到中間階段都難以決定搭檔。不過，你是很特別的人物。我只是判斷隨便把White Room的學生派過去，要是曝光的話就會很危險呢。我認為瞄準下次之後的時機比較明智。」

「真是悠哉啊。」

「或許吧。」

「White Room的學生與月城代理理事長的想法相左，沒有服從指示。這麼想的話，這次一連串的經過就說得通了呢。」

「真是的。你的想法還真有意思呢。」

月城覺得有趣地瞇著眼，從備好的杯子喝了一口茶。

他稍作沉默，將杯子移開了嘴邊。

「好吧。雖然要對我的發言尋求可信度，我也很傷腦筋，不過我承認——這次我的確制定了讓你確實退學的計畫。可是，那孩子無視了。」

月城一開始否認，但馬上就轉換方針、承認事實。

「因為那孩子是小孩呢，如果是單純的叛逆期，倒是還算可愛，但如果不是這樣，或許就有點笑不出來了。」

受命派入的學生不聽月城的指示。

如果是事實，的確是個不好笑的事態。

「請你小心，綾小路同學。這次決定送進White Room學生的不是我。然後，看見那孩子不聽我的指示，開始以自己的判斷行動，我認為上層很有可能正在想著可疑的事。」

「不是你被放棄了嗎？因為你的手段太差。」

「或許吧。不過，我接到的指示依然是你的退學。就算被當作棋子利用，我也只需要按照那個指示行動到最後，而且就算失敗被捨棄，也就那樣了吧。我只需要前往下個地點就好。」

原本可以想像月城與White Room學生會很團結。可是，如今卻浮現他們的關係沒那麼單純的可能性。不過，如果這是事實，目的又是什麼？

攜手合作讓我退學才能確實提昇機率。

還是說，就連這都是為了迷惑我所做的假動作呢？

這是White Room的學生失控……還是那男人在背後進一步操控？

就機率來說，幾乎均等。

月城是永遠都會騙人的男人，先把這點放在心上很重要。

至少這個男人不著急，也沒有動搖。

「最後一點……假如那孩子連你父親的意思都無視，視情況而定，你也可能會是選擇退學才比較幸福。因為你是White Room最高傑作的這點越無可動搖，那孩子對此的嫉妒和憎恨就越無可計量。你變成什麼樣子，那孩子才會接受——我光是想像就覺得恐怖呢。」

我轉身背對月城這番也能當成玩笑話的認真忠告，離開了會客室。

特別考試綜合名次

第一名：二年A班　平均七百二十五分

第二名：二年C班　平均六百七十二分

第三名：二年D班　平均六百四十分

第四名：二年B班　平均六百二十一分

五月一日時的班級點數

坂柳率領的二年A班：一千一百六十九點

龍園率領的二年B班：五百六十五點

一之瀨率領的二年C班：五百三十九點

堀北率領的二年D班：兩百八十三點

後記

二〇二〇年，今年也順利和各位見面了呢。我是衣子啊……沒……忘記吧？（註：此指日本發售時間）

…………好的！所以我是衣子……不對，我是衣笠彰梧。

新年快樂。二年級篇的第一集，總算是順利發售了！看過一年級篇的人、初次閱讀的人，今年也請多指教。另外，配合二年級篇的第一集發售，同時也是《歡實》第二本畫集的發售日（註：此指日本發售時間）。那邊也請多指教嘍。月底開始也會舉辦升上二年級的紀念活動，我很期待來自世界各國的讀者能前往活動會場——偶爾我也會夾雜這種宣傳！

那麼，進入值得紀念的新系列，故事也開始會比之前有更多進展。綾小路他們那個年級過去才剛升上一年級、尚未成熟，現在在各種地方應該都看得見成長預兆了吧。像是變成二年級生而產生的變化，以及新生的登場，總之要寫的東西很多，我在篇幅的允許範圍內使用了最多的頁數後，也耗掉了用來當後記的一頁。進攻到了極限。

這次行數很少，沒辦法說得很多，不過這也沒什麼，我們很快就能再次見面了，所以下次也請多指教！另外，官方網站也很好玩喔！

三角的距離無限趨近零 1~4 待續

作者：岬鷺宮　插畫：Hiten

我愛上的那個女孩體內住著兩個靈魂——
與雙重人格少女譜出的三角戀愛故事。

矢野在跟春珂與秋玻接觸的過程中，戀情也在心中萌芽——又在某一天突然宣告結束。然後他變了。所以，為了找回剛認識時的「他」，我——我們展開了行動。在沒有交集的教育旅行途中，我們努力追逐矢野同學，就算我們已經不是情侶——

各 **NT$200~220/HK$67~73**

在流星雨中逝去的妳 1~4 待續

作者：松山剛　插畫：珈琲貴族

以「夢想」與「太空」為主題的感人巨作，
驚天動地的第四集！

「Europa」出現在大地等人面前，彷彿呼應了伊緒說的「我聽說大流星雨的主謀就在這間高中」。形跡詭祕的黑井冥子與大地接觸，她有什麼令人震驚的真面目？遙遠太空傳來的「加密文章」；神祕的線上遊戲《GHQ》；大流星雨的「真凶」終於現身——

各 **NT$250/HK$83**

繼母的拖油瓶是我的前女友 1 待續

作者：紙城境介　插畫：たかやKi

在一個屋簷下展開的，
甜蜜卻又讓人焦急喊救命的戀愛喜劇！

即將升上高中的水斗與結女才剛分手，馬上以意想不到的形式重逢──爸媽再婚對象的拖油瓶，居然是前任！前情侶顧慮到爸媽的心情，說好了必須遵守「誰把對方看成異性就算輸」的「兄弟姊妹規定」，然而同住一個屋簷下，無法不注意對方的一舉一動!?

NT$220/HK$73

國家圖書館出版品預行編目資料

歡迎來到實力至上主義的教室. 2年級篇/衣笠彰梧作；Arieru譯. -- 初版. -- 臺北市：臺灣角川股份有限公司, 2021.02-

冊；　公分. -- (Kadokawa fantastic novels)

譯自：ようこそ実力至上主義の教室へ 2年生編

ISBN 978-986-524-175-9(第1冊：平裝)

861.57　　　　　　　　　　109018309

Kadokawa
Fantastic
Novels

歡迎來到實力至上主義的教室 2年級篇 1

（原著名：ようこそ実力至上主義の教室へ 2年生編 1）

2021年2月4日 初版第1刷發行
2024年8月16日 初版第8刷發行

作　　者：衣笠彰梧
插　　畫：トモセシュンサク
譯　　者：Arieru

發 行 人：台灣角川股份有限公司
總 　 監：呂慧君
總 編 輯：蔡佩芬
主 　 編：林秀儒
編 　 輯：黃怡珮
設計指導：陳晞叡
美術設計：宋芳茹
印　　務：李明修（主任）、張加恩（主任）、張凱棋、潘尚琪

發 行 所：台灣角川股份有限公司
地　　址：104台北市中山區松江路223號3樓
電　　話：（02）2515-3000
傳　　真：（02）2515-0033
網　　址：www.kadokawa.com.tw
劃撥帳戶：台灣角川股份有限公司
劃撥帳號：19487412
法律顧問：有澤法律事務所
製　　版：巨茂科技印刷有限公司
ＩＳＢＮ：978-986-524-175-9